KB058914

꿈꾸는
화가 엄마의
새벽 2시

강산 지음

꿈꾸는
화가 엄마의
새벽 2시

바이북스
ByBooks

이 세상에는 위대한 진실이 하나 있어.
무언가를 온 마음을 다해 원한다면,
반드시 그렇게 된다는 거야.
무언가를 바라는 마음은 곧
우주의 마음으로부터 비롯된 때문이지.

《연금술사》, 파울로 코엘료

吉夢 53x45.5 acrylic on canvas

왜 그림에 집착하세요?

제주 1년 살이 하면서 그렸던 그림들 중 가장 좋아하는 그림입니다.

가슴속에는 늘 꿈을 품고,

아침에 눈 뜨며 오늘은 어떤 하루를 보낼지,

꿈을 이루기 위해 오늘은 어떻게 실행할지,

언젠가는 꿈을 이루리라 되뇌며 잠드는 그런 생활.

많은 엄마들이 그러리라 생각됩니다.

저 역시 꿈이 있어요. "아이 셋 엄마가 일하면서 그림까지 그리다니 대단해!"라는 말보다는 **'그림 자체로 인정받는 것'**.

2008년에 결혼을 해서 2009년에 첫 아이를 낳았어요. 육아를 하면서 나를 잃고 산다는 것이 어떤 것인지 전혀 예상조차 못하는 상태에서, 집에 아이와 단둘이 갇혀 지낸 생활, 미혼일 때와 아이가 있는 기혼일 때 완전히 다른 회사에서의 나의 입장, 아버지의 악화되어가는 건강, 남동생의 백혈병, 새로 간 부서에서의 텃세…… 모든 것이 쓰나미처럼 밀려와 나 자신을 붙들기 힘들었어요. 그때 나를 잡아주고 위로를 준 것은 바로 '그림'이었습니다.

독학으로 그림을 그리기 시작한 지 6년째입니다. 처음 그림을 그리기 시작한 2015년부터 지금까지 많은 일들이 있었고, 2021년에는 제주 1년 살이 하며 그린 그림들로만 개인전을 하기도 했어요.

처음에는 그림을 정말 못 그렸어요. 혼자 그리다 보니 어설프기 짝이 없었고 붓질도 엉망진창이었지요. (지금도 잘 하지는 않지만요. 하하.)

육아를 하며 일을 하다 보니 학원 다닐 시간이 없어도 너무 없어서 독학을 해보려 서점을 기웃거렸어요. 대부분의 책들이 빛과 그림자, 투시, 소실점 같은 어려운 미술 용어에 원기둥, 사각뿔 데생, 화분, 사과 같은 정물화. 이런 틀에 박힌 것만 그리라고 하니 너무 재미없었어요. 저는 사람 얼굴을 잘 그리고 싶었고, 아크릴 붓질을 하는 방법을 알고 싶었거든요. 그래서 멋대로 독학을 시작했어요. 틈틈이 시간 날 때 꾸준히 그리다 보니, 느리지만 조금씩 나아지는 것을 느낄 수 있었어요. 그림을 판매할 수 있는 기회도 생겼고, 조금씩 인정도 받기 시작했어요.

저처럼, 그럼에도 불구하고(!) 잃어버린 자신을 찾기 위해 꿈꾸는 많은 엄마들을 응원하는 마음으로, 저의 노하우를 조금 나눠볼까 하는 마음에 책을 써보기로 했습니다. 미술학원 등 전문기관에서 알려주는 스타일이 아니라서 조잡할 수 있지만, 그림이라는 것은 정답이 없고 자기만의 방식이나 스타일이 중요하니까요.

Why not! Sure!

우리 같이 꿈을 이뤄볼까요?

2022년 5월

강산

차례

1 마음속에 품고 있는 꿈이 있나요?

2 온 마음을 다하면 우주가 도와준다

3 그럼에도 불구하고

6 오늘도 그림 한 점에 행복을 싣습니다

1.

마음속에
품고 있는 꿈이
있나요?

워킹맘의 육아는
이런 것?

가끔 무너질 때가 있다.

비요 아이들이
아플때...

첫째
켁켁!

엥!
형재
오초롱한!
엄마!
언제
엥아
콜록콜록

네, 선생님, 미열이 좀 있다구요.
요즘 시즌이 이러니 당연히 데리고
가야지요. 지금 빨리 가겠습니다.

아이가 아파서 오늘 좀 연차내야
할 것 같습니다. 죄송합니다.
아, 이해해주셔서 감사합니다..

다음 날....

그래도 포기하고 싶지 않다. 그럼에도 불구하고! 노력할 것이다. 꼭…….

2020. 5. 4.
셋째 아이 낳고 복직 후
어느 날.

다시 느낀 짜릿함

"그림 그리는 직업은 생활이 어렵다. 직장을 갖고 난 후에 취미로 그려도 늦지 않아."

그림을 배우지도 않았으면서 대학에서 서양화를 전공하고 싶던 제게, 부모님이 하신 말씀이에요. 하긴, 저도 내심 자신이 없었나 봐요. 피카소처럼 어릴 때부터 그림을 천재적으로 그리는 것도 아니고, 그렇다고 공부로 전교 1, 2등 다투는 우등생도 아니었기 때문이죠. 그림을 그리게 되면 이도저도 안 될 것 같은 생각이 들었어요. 그래서 결국 그림을 포기하고, 법학과를 가게 되었지요. 1980년대생 보통의 여성들처럼, 대학에 가서 4년을 꽉 채우고 졸업하자마자 취직

했어요. 그리고 얼마 지나지 않아 결혼하고, 아이들을 낳았어요. 군이 말하지 않아도, 엄마들만이 아는 그런 갑갑한 생활이 이어졌겠다는 것은 짐작이 가지요?

그러는 중에도 그림을 그리고 싶다는 생각은 머리를 떠나지 않았어요. 하지만 아이를 키우면서 그림을 그린다는 것은 상상조차 하지 못했지요. 아예 시작할 생각을 하지 못했어요. '아이가 좀 크면 언젠가는 할 수 있는 여유가 되겠지.' 하고 미래의 어느 순간을 기다리기만 했어요.

2015년 6월경 둘째를 낳고 육아휴직 중일 때였어요. 메르스라는 전염병이 돌았었는데, 코로나가 유행하는 요즘처럼, 그때도 집 안에서 꼼짝도 하지 못할 때였지요. 아이들과 집에만 있다 보니 많이 무료했고, 아이들과 재밌게 시간을 보낼 방법을 찾다가 아이들과 함께 8절 스케치북에 크레파스로 그림을 그리기로 했어요.

아이들과 둘러앉아서 "자, 예쁜 꽃을 그려볼까? 거울을 보고 자기 얼굴도 그려볼까?" 했지요.

꽃도 그리고 사람 얼굴도 그리는데 순간! 전율이 느껴지더라고요. 어느새 아이들과 함께하려던 미술놀이는 뒷전이

〈결혼〉

되고, 저는 정신 나간 사람처럼 스케치북에 이것저것 그리기 시작했어요.

잘 그리고 싶다는 마음보다는, '요즘 내가 가장 많이 생각하는 것을 한 장면으로 담아봐야지!'라는 생각으로 그렸어요.

아이의 8절 스케치북에, 아이의 크레파스로 그린 15년 만의 첫 그림입니다. 제목은 〈결혼〉이에요. 예쁜 장미꽃 향기를 맡는 이 젊고 예쁜 여성은 자아를 잃어버려서 마음속으로 울고 있어요. 그림 하단 부분의 파란 물결이 그녀의 눈물입니다. 장미꽃 가시가 그녀를 아프게 하네요.

잘 그리지는 않았지만, 이 그림을 시작으로 그림 그리기를 시작하였기에 매우 의미가 있는 작품이에요.

이렇게 꿈을 위한 아주 작은 한 걸음을 내딛게 되었습니다. 꿈을 이루는 한 걸음은, 어느 날 갑자기 생각지도 못한 순간에 찾아오나 봐요.

모두가 잠든
새벽 2시

　스케치북에 〈결혼〉을 그렸던 그날, 아이들을 모두 재우고('육퇴'라고 하지요.) 늦은 밤, 데생을 해보았어요. 서양화 학과 진학을 포기하고 자그마치 15년이 지난 후였지요. 구석에 처박혀 있던 낡은 이젤 위에, 먼지가 켜켜이 쌓인 4절 스케치북을 올려놓고, 떨리는 마음으로 4B연필을 깎았어요.

　그림 그리며 마시려고 타놓은 따뜻한 아메리카노의 향이 저와 스케치북만을 감싸고 있었어요. 잠꼬대하는 아이의 칭얼거림에 잠시 간담이 서늘해지기는 했지만, 어쨌든 그 밤은 매우 고요했어요. 길쭉하게 깎은 4B 연필심이 스케치북에 닿으며 하얀 도화지 위에 선이 그려졌어요. 연필이 스케치북 위에서 왔다 갔다 하는 사각사각 소리만이 들렸어요.

그렇게 그날 그림은 새벽 2시 넘어 계속되었고, 저의 새벽 취미생활이 시작되었습니다.

그림 도구들을 정리하고 잠자리에 들 때는, 항상 더 그리고 싶은 아쉬운 마음을 뒤로 해야 했어요. 다음 날은 늘 그렇듯 아이들을 돌봐야 하기 때문이었지요.아이들의 성화에 아침에 늦잠도 잘 수 없었어요.

매일 늦게 잠에 들고 일찍 일어나다 보니 너무 피곤해서 낮에 그림을 그려보려고 시도를 해보았어요. 역시나! 부엌일, 청소는 기본 옵션, 아이들과 놀아주기도 해야 하니 여유 시간은 절대 없었지요.

한 번은, 아이들이 자기들끼리 재미있게 노는 것 같아서 슬그머니 이젤 앞에 앉았는데, 어느새 아이들이 모두 제 뒤에 모여들더라고요.

"엄마, 뭐 그리는거야? 나도 해볼래! 그림 그리지 말고 나랑 놀아줘."

재잘재잘…… 역시나 아이들은 그림 그리는 엄마를 가만두지 않더군요. 결국은 언제나처럼 육퇴를 기다렸고 아이들이 잠들면, "앗싸!"를 외치며 새벽 2~3시까지 그림을 그렸습니다. 거의 매일 하루 평균 서너 시간 그렸고, 그림 한 점을 완성하는데 3일 정도 걸렸어요. 여기 2개의 작품은 독학 시작할 때쯤 새벽에 그렸던 그림 중 일부입니다.

처음에는 인물의 특징을 잡아 똑같이 그리는 연습을 주로 했어요. 사람 얼굴을 잘 그리고 싶어서 매일 사람 얼굴을 위주로 그렸지요. 하지만 혼자 그리다 보니 내 그림을 내가 객관적으로 볼 수 없고, 틀린 부분을 알 수가 없더라고요. 계속 제자리걸음 같은 기분이 들었어요. 그러다가 생각해낸 것이 바로 인터넷 그림 카페였습니다. 그림 카페에 가입해서 보니 그림을 잘 그리는 재야의 고수분들이 정말 많았어요.

망설임 없이 카페에 가입하여 그분들의 그림과 댓글들을 꼼꼼히 읽고 제 그림에 대입해 연습해보았어요. 그럼에도 불구하고 제 그림의 문제점이 무엇인지 알기에는 한계가 있더라고요. 결국 저의 그림을 카페에 올려서 여쭤보았습니다. 잘 그리지 못한 제 그림을 많은 사람들에게 공개한다는 것이 매우 민망했어요. 하지만 그 카페는 저처럼 그림을 배

우고 싶어서 온 분들이 많았거든요. 제 그림에 대한 피드백이 다른 초보인 분들에게도 도움이 될지 모른다는 생각에 곧 그런 민망함은 없어졌어요. 그림 고수분들은 저의 부족한 그림에 조언과 응원의 댓글을 아낌없이 달아주셨습니다.

또한 인터넷 카페는 저처럼 새벽에 그리는 분들이 많아서, 어느 때고 그림을 올려도 피드백 받을 수 있는 큰 장점이 있어요. 그렇기 때문에 새벽에 그림을 그릴 수밖에 없는 분들에게 인터넷 카페는 아주 좋은 커뮤니티라고 생각합니다.

복직 후에는 시간이 더 없었어요. 퇴근을 하고 나서야 비로소 육아가 시작되었기 때문이죠. 지친 심신을 이끌고 아이들을 먹이고 씻기고 재우기까지 하고 나면, 휴직 때에 비해 육퇴가 두 시간 정도 늦어졌어요. 하지만 새벽 그림을 포기할 수는 없었지요. 이상하게도 그렇게 힘들었던 심신이 그림을 그리기 시작하면 다시 활기로 차올랐습니다.

다음 날 출근해야 하기 때문에, 휴직 때처럼 늦게까지 그릴 수는 없었어요. 하지만 한두 시간이라도 반드시 그림을 그리는 것을 목표로 했습니다. 그림을 잠시라도 쉬면 겨우 올린 감각을 잃어버리게 되거든요. 오랜만에 그림을 그릴 때는 처음부터 다시 시작하는 것처럼 그림이 어려워졌습니다. 따라서 될 수 있으면 감을 잃지 않도록 노력하는 것이 중요했어요.

또한 시간을 아끼기 위해서는 운전할 때, 설거지 할 때, 밥먹을 때 등 무엇을 그릴지 평소에 틈틈이 고민해둬야했어요. 그래야 새벽에 온전히 그림만 그릴 수 있기 때문이지요.

그런데 도대체 왜 이렇게까지 하냐고요?

주변 사람들은, 다크서클이 턱까지 내려온 제게 묻습니다. 왜 그렇게 그림을 그리느냐고. 직업도 있고 애들 키우는 것도 힘들어 죽겠으면서 왜 굳이 그렇게 힘들게 그림을 그리느냐고요.

그런데 사실 저도 왜 이러는지 구체적으로 생각해보지 않았습니다. 그림 그리는 것 자체가 좋을 뿐이었으니까요. 무엇이 싫은 데는 이유가 있어도 좋은 데는 이유가 없다고들 하잖아요. 그림을 그리면 좋았어요. 활기가 찼고, 의욕이 생겼으며, 희망이 생겼어요. 맞아요. 그림은 제게 일종의 충전책 같은 거예요. 충전을 해야 또 살아가니까요.

그래서 그림을 그려요.

절대 경험할 수
없는 것

TV 프로그램에서 우연히 장사익이라는 가수를 보았어요. 이름은 많이 들어본 것 같은데, 실제로 TV에서 본 것은 처음이었어요.

가수 '신화'에 열광하던 시대의 저에게는 너무도 생소한 가수였지만 어쩐지 락커의 이미지라고 느끼고 있었던 듯 싶어요. 그래서 그런가 생각보다 작은 키와 체구라 살짝 의외라고 생각했어요.

하지만 이내 저도 모르게 그분의 목소리과 몸짓에 빠져들었어요. 노래를 부르고 있는 그분의 표정은 진심이었고 행복해 보였고, 힘이 있었어요. 그 표정은 뭐라 말할 수 없이

꿈꾸는 화가 엄마의 새벽 2시

감동적이었고 눈물이 날 정도였거든요.

그러고 보니 이 표정, 언젠가 본 적이 있었어요. 몇 년 전 뵈었던 윤석남 화가님의 그것과 같은 느낌이었던 거예요. 80대지만 자신 있고 확신에 차 계시던 모습! 맞아요. 그때 뵈었던 윤석남 화가님의 표정에서 느껴졌던 것이 장사익 가수님께서도 보였어요.

어느 분야에서 최고가 되는 것은 당연히 쉽지 않지요. 가수를 한다고 모든 가수가 다 마이클 잭슨이 될 수 없듯이요. 하지만 각자 노력하는 사람들의 마음속에는 다들 마이클 잭슨 이상의 자부심이 있다는 것이에요. 그런 자부심과 자신감은 또 다른 대단한 능력을 발휘하게 되는 것 같아요.

TV에서 본 장사익 선생님의 진심은 TV 스크린을 통해 제게도 전해졌어요. 그토록 작은 체구를 가진 장사익 선생님의 제스처는 전혀 과하지 않았지만 객석의 모든 관객이 기립해서 장사익 선생님의 제스처를 따라 했고 그 모습은 또 다른 장관을 이루었어요.

만약, 저렇게 멋진 분이 젊었던 시절 조급한 마음에 빨리 마이클 잭슨이 되지 않았다고 괴로워했다면 저는 아마 그 시간 TV에서 장사익 가수님을 우연히 보지 못했을지도 몰라요.

한 분야에서 오랜기간 그 분야만을 추구한다는 것은 대단히 어려운 일임을 우리는 알고 있어요. 매일 저녁 8시에 일기를 쓰자고 결심한 100명이 있다면 그중에 몇 명이 과연 이 결심을 지킬 수 있을까요?

어느 한 분야에 신념만으로 인생을 바친다는 것! 그런 사람들에게는 감히 흉내 낼 수 없는 깊고 묵직한 무언가가 있어요.

대화 한두 마디만으로도 느껴지는 것, 소리 내어 웃지 않은 엷은 미소만으로도 느껴지는 것. 그런 것들이 잔잔하면서도 벅찬 감동을 느끼게 해주더라고요.

과연 나는 이분처럼 한 분야만 목표로 삼아 인생을 바칠 수 있을까. 어떤 대가가 없더라도 내 신념에 인생을 바치고 난 후 백발 노인이 되었을 때 편안하고 인자한 미소를 띨 수 있을까.

자신의 신념이 반영된 어떤 목표가 있다면, 그 결과가 당

장 나타나지 않더라도 조급한 마음 없이 묵묵히 노력하는
것, TV에서 우연히 만난 장사익 가수님 덕분에 우리의 미래
의 모습을 상상할 수 있던 좋은 경험이었습니다.

부디, 지금

얼마 전 소름 돋는 경험을 했어요. 거의 일 년도 더 전에 썼던 제 일기를 우연히 봤거든요. 정말 우연히 봤어요. 이런 일기를 쓴 것조차 기억도 나지 않은 상태에서 우연히 이 글을 발견하고는 놀랄 수밖에 없었어요.

글을 썼던 시기를 보니, 제가 번아웃 상태에서 썼던 글인데, 그때 당시, 이렇게 살면 안 되겠다 싶었는지 인터넷 강의를 들었던 거지요.

인터넷 자기 계발 강의를 우연히 듣게 되었다.

25세에 입사하여 회사에 목매 살아온 십수 년, 회사에서 주류가 되기 위해 얼마나 발버둥 치고 울었던가. 그러다 보니 15년이라는 세월이 금세 지났다. 25세 입사 시절의 마인드 그대로인 것 같은데 이토록 세월이 지났다니. 자기 계발 인터넷 강의의 강사님들은 모두 나보다 젊었다. 그 나이의 나는 과연 무엇을 했는가. 후회해봤자 소용없다는 것을 알지만 마음 한편으로 씁쓸하다. 그래도, 이제라도 이런 인터넷 강의를 접해, 세상을 보는 눈이 바뀌어 정말 다행이다. 세 번째 육아휴직만에 비로소 시간을 허투루 쓰지 않는 느낌이다.

세상이 참 많이 바뀌었다. 예전에는 직장에서의 성취를 가장 최고로 여겼었지만, 요즘에는 N잡러의 시대라고 한다. 비록 부업으로 돈을 벌지 못한다 하더라도 사람들은 진짜 하고 싶은 일을 하고, 그 부업 덕분에 행복까지도 느끼고 생활에 활력이 넘친다고 한다. 이런 세상이 올 줄 그 누가 어찌 알았겠는가!

묵묵히 버티면 성과가 나온다는 젊은 강사님의 말씀. 아…… 하지만 이미 15년을 묵묵히 버텨왔는데 또 다시 버텨야 한다니. 하지만 부정적으로만 생각할 것은 아니다. 지난 15년은 아무런 생각 없이 그냥 시간을 보냈다면, 앞으로의 시간은 계획을 하고 목표를 갖고 버틸 예정이니, 2~3년 후의 나는 좀 다른 사람이 되어 있을까?

그림도 철학을 갖고, 존버도 철학을 갖길…… 이제부터 진짜 나를 찾을 시간이다!

이 일기를 쓰고 정확히 9개월 후 저는 화가로서 개인전을 했고, 1년 있다가 에세이와 그림책 출간계약을 하였으며, 1년 4개월이 지난 후에는 강사가 되기 위한 교육을 듣고 강사가 되기 위한 또 다른 도약을 준비했습니다.

가만히 있으면 아무 일도 일어나지 않는다는 그 유명한 말, 많이 들어보았을 것입니다. '어차피 거절당할 텐데.', '어차피 망신만 당할 텐데.', '나는 아직 그럴 수준은 아니야.' 등등…… 하지만 그런 생각을 할 시간이 없어요! 일단 시작해야 합니다. 당연히 실패할 수 있지요. 하지만 세상 그 누구도 처음부터 성공하는 사람은 단 한 명도 없답니다. 많은 실패 안에서 배우는 것이 있을 테고 그러면서 조금씩 성장하는 거니까요. 최고가 되지 않아도 되잖아요. 내 꿈을 이루고 나의 행복, 자아를 찾기 위한 것이면 충분해요!

제가 요즘 절실하게 마음 깊이 느끼고 있는 것이 있습니다.

세상은 너무나 신나고 아름다운 것 투성이라는 것이지요.

부디, '지금'을 잡으세요!

답도 없는 고민 고민

그 속에 빠져 있지 마

멈춰서 고민하지 마.

가수 BTS 〈So What〉

2.

온 마음을 다하면
우주가 도와준다

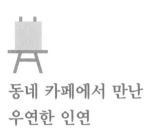

동네 카페에서 만난
우연한 인연

1살 둘째를 유모차에 태우고 6살 첫째 손을 잡고 동네를 산책하고 있었어요. 햇살이 따뜻한 겨울의 어떤 날이었지요. 걷다 보니 동네에 작은 카페가 생긴 것을 발견했어요. 그런데 여느 카페와는 분위기가 사뭇 다르더라고요. 분위기에 이끌려 유리창에 이마를 바짝 대고 안을 들여다봤어요. 개나리색 벽이 너무나 예쁜 카페였어요. 벽에는 많은 그림들이 전시되어 있었고요. 고흐의 그림들이었어요. 그러고 보니 카페 이름도 〈아를의 카페〉였어요.

와, 감탄하면서 최면에 걸린 듯 안으로 들어갔어요. 카페 안 테이블은 고흐의 밤하늘 색깔이었어요. 고흐의 방에 있는 느낌이었어요. 메뉴에는, 프랑스 예술가들이 즐겨 마셨다는 압생트라는 독한 술도 있었어요. 여기가 정녕 진짜 아를인가요!

중년 여성분께서 커피를 내려주셨어요.

"카페가 정말 예뻐요! 그림들도 정말 멋있어요! 직접 그리신 건가요?"

저는 벽에 걸린 그림들을 보고 흥분해서 커피는 받는 둥 마는 둥 하며 그분께 여쭤보았어요.

"호호. 우리 딸이 그린 건데 전공한 건 아니고 취미로 그려요."

엇, 저와 비슷한 분이 계셨네요. 그분을 너무 만나고 싶었어요. 만나서 그림 이야기를 하고 싶었어요. 다른 날 다시 그 카페에 갔어요. 그림의 주인공이 있었어요. 생각보다 어린 아가씨였어요. 경영학과를 졸업했지만 그림이 좋아서 혼자 그림을 그리며 엄마의 카페 일을 돕고 있다고 했어요. 주로 고흐의 그림을 모작한다고 했어요. 알고 보니 제가 처음에 개나리색이라고 생각했던 카페의 벽 색깔도 고흐의 해바라기 색깔을 표현한 것이었더군요.

그녀의 그림들은 고흐의 모작이었지만 고흐의 그림과는 다른 느낌이 있었어요. 알록달록하고 부드러운 느낌이 좋았어요. 그림의 느낌이 색달라 무엇으로 그린 것인지 물어보니, 주로 오일 파스텔로 그린다고 했어요. 저는 이때 오일 파스텔이라는 재료를 처음 알게 되었어요.

그녀를 따라 저도 고흐의 그림을 모작해보았어요. 정보를 공유하고 서로의 그림을 보여주며 감상평을 하면서 친해졌어요. 때로는 카페에서 함께 그림을 그리기도 했고요. 그녀는 내게 자신감을 주었어요.

"저희 카페에서 전시 한번 하세요. 그정도 실력 충분하십니다. 작가님!"

"어유. 제가 무슨 전시에요. 그리고 작가라니요. 가당치 않아요."

"지금 정도 실력이시면 작가가 맞습니다!"

내게 자신감을 불어넣어 준 그녀 덕분에, 프랑스를 옮겨온 듯한 이 〈아를의 카페〉에서 첫 전시를 하게 되었어요. 전시할 때는 같은 테마, 같은 결의 작품들을 위주로 걸어야 하는데 전시를 처음 하기에 뭘 알 리가 없던 저는, 그동안 그린 그림을 몽땅 다 갖고 갔어요. 처음 새벽에 그리던 어설픈 데생 작품들부터 아주 작은 그림들까지 몽땅 가지고 갔던 것이었지요. 하지만 마음씨 고운 그녀는 웃으며 그림을 전부 다 걸어주었어요. 게다가 전시 대관료도 받지 않고 무료로 해주었습니다.

그렇게 2015년 11월 28일부터 12월 4일까지 제 생애 첫 번째 전시를 하게 되었습니다.

가끔 저는 엉뚱한 상상을 해요. 내가 있는 이 장소의 모든 것들이 나를 따라다니면서 내게 현재 보이는 것들만 그

럴듯하게 나를 둘러싸고 있는 것은 아닌가. 눈앞에 보이지 않는 사람들은 원래가 존재하지 않는 사람들이고, 장소도 존재하지 않는 장소는 아닐까. 지금 내 눈에 보이는 것들도 내가 다른 곳으로 옮기면 어둠 속으로 숨어들어 갔다가 내가 다시 이 장소에 오면 아무 일도 없었던 마냥 나타나는 것은 아닐까. 이런 거대한 힘을 가진 존재는 무엇일까. 인간들이 말하는 신인가. 아니면 외계인? 아니면 인간은 도저히 알 수 없는 우주의 현상? 내가 고마움을 느꼈던 그때 그 누구, 너무나 화나게 했던 그때 그 누구. 모두가 우주의 계획 하에 있는 것인가?

그러면 〈아를의 카페〉를 운영하며 취미로 그림을 잘 그리던 그 젊은 아가씨는 누구인지. 우연히 나타나 내게 그림을 알려주고 전시라는 기회를 준 그녀. 그녀를 만났던 것은 그림을 좋아하는 제게는 운명이었고 신의 한 수였지요. 분명히 터닝 포인트가 되었거든요. 무언가에 온 마음을 다한다면 이루어진다는, 파올로 코엘료의 《연금술사》의 한 구절. 소름 끼치게 맞는 것 같아요.

얼마 후, 그녀는 취직하기 위해 카페를 접고 다른 지역으로 떠났다고 하더라고요. 신이 보내준 그녀는 지금 어디선가 잘 지내고 있겠지요? 그때 그 카페, 그립네요.

나를 찾는 여정
윤석남 화가님과의 만남

2020년 1월 초, 윤석남[1] 화가님의 〈벗들의 초상을 그리다〉 전시에 다녀왔어요. 수년 전 EBS에서 윤석남 화가님 관련 프로그램을 본 적이 있어요. 여성의 삶을 대변해주는 듯한 독특하고 개성 있는 그림들, 그리고 진분홍색의 방과 의자 등 설치 미술들이었는데, 그때 TV에서 본 작품들은 몇 년이 지나도 머릿속을 떠나지 않았어요. '작품들을 직접 보고 싶고 화가님과 직접 대화도 하고 싶다.' 생각만 하던 중,

---

1 윤석남(1939년 7월 25일~)은 한국의 미술가로, 한국 여성주의 미술의 대모로 불린다. 40세경에 미술을 시작하여 여성의 삶을 주요한 주제로 삼아 〈어머니〉 시리즈, 〈룸〉 시리즈, 여성 초상화 등의 회화 및 설치 작업을 했다.

마침 전시를 한다고 하여 실물로 볼 수 있게 되었지요! '전시장에 가면 화가님이 계시려나? 꼭 직접 만나고 싶다!'

기대에 부풀어 전시장에 갔어요. 아쉽게도 화가님은 계시지 않았어요. 하지만 작품들은 역시나 너무 좋았어요! 함께 간 지인이 있다는 사실까지도 잊은 채 작품들에 빠져서 하나하나 열심히 뜯어보았어요.

그림들은 모두 제 키만큼 컸어요. 인물들은 사람의 실물 크기였고, 그 많은 작품들은 모두 여성을 그린 초상화들이었어요. 밑그림도 그리지 않은 듯 그린 과감한 선과 색에 완전히 매료되었어요. 동양화의 느낌과 서양화의 느낌이 동시에 느껴졌는데, 제가 표현하고 싶은 바로 그 느낌이었죠.

특히 자화상만 모아둔 3층은 단연 최고였어요! 자신감 넘치는 자신의 모습을 다양하게 그린 작품들이 3층에 가득 차 있었는데, 벗들을 그린 것과는 또 다른 느낌이었어요. 더욱 과감하고 강렬했지요.

무슨 종이에 그리신 걸까? 물감은 무엇을 쓰신 걸까? 작업실은 어떤 분위기일까? 언제부터 그림을 그리신 걸까?

궁금한 것 투성이었어요.

안 되겠다. 화가님의 작업실을 직접 찾아가자!

그때부터 화가님의 연락처를 알아내기 위해 엄청나게 인터넷 검색을 하고 여기저기 연락을 해보았어요. 화가님의 이메일 주소를 겨우 알아냈고, 용기 내서 이메일을 썼어요.

안녕하십니까.

그림 독학을 하고 있는 40대 주부 강산이라고 합니다.

화가님을 수년 전 EBS에서 뵈었고,

그때 본 작품들이 너무 매력적이어서 몇 년이 지나도 머릿속을 떠나지 않았습니다. 마침 서울에서 전시를 하셔서 얼마 전 화가님의 작품들을 직접 보고 왔습니다.

화가님께 궁금한 것도 많고, 그림 작업하시는 모습도 보고 싶은데 뵈러 가도 될까요?

떨리는 마음으로 발송 버튼을 누르고 기다렸어요. 답장을 받으면 영광이겠다는 생각뿐이었지요. 그런데 웬걸! 답장을 주셨어요! 작업실의 주소와 화가님의 연락처가 담긴

답장이었어요. 세상에 제가 사는 곳과 30분도 안 되는 가까운 거리에 작업실이 있더라고요. 이건 운명이지 않나요?

바로 전화 드렸고, 약속 날짜를 잡았어요. 떨리는 마음에 여쭤볼 것을 까먹을 것 같아서, 질문지를 만들어갔어요. 그림은 어떻게 그리게 되셨는지, 여성 화가로서 힘든 점은 없으셨는지, 사용한 종이와 물감은 어떤 것인지 등등……

그리고 제가 그린 그림 몇 점도 가지고 갔어요. 무작정 그림만 무식하게 그려온 제게, 과연 화가가 될 가능성이 있는지 화가님의 말씀을 듣고 싶었거든요.

윤석남 화가님을 드디어 직접 만났어요. 저를 보시더니 환하게 웃으시며 반겨주셨어요. 그 첫 만남을 생각하면 2년이 지난 지금도 똑같이 설레고 떨려요!

화가님은 40대에 독학으로 그림을 시작하셨다고 해요. 제 이메일을 보시고는 화가님 젊으셨을 때 생각이 나셨대요. 화가님은 여든이 넘으셨지만 실제로는 훨씬 젊으셨어요. 저보다 작은 체구이셨지만 눈에서는 빛이 났어요. 당당하고 자신감 넘치고 확신에 차 있는 모습이셨어요. 그런 화가님의 분위기에 완전히 압도당했어요.

화가님이 전업주부로 살던 40대 어느 날, 남편이 가지고 온 월급으로(그때는 현금으로 봉투에 담아서 주셨대요.) 몽땅 그림 재료들을 사버렸는데, 나무랄 줄 알았던 남편은 오히려 잘했다며 그림을 그릴 수 있도록 응원해주었다고 해요. 화가님의 남편분은 화가님이 그림을 그릴 수 있도록 적극적으로 응원해주는 분이시라고 하셔요.

화가님은 저의 그림 활동에 대해 궁금해 하셨어요. 그런데 저도 모르게 신세 한탄을 하게 되었지 뭐예요. 그림 그릴 시간도 없고 애들도 봐야 하고 일도 해야 하고 너무 힘들다. 화가가 되고 싶은데 재능이 없는 것 같다, 블라블라(blah blah)……

하지만 화가님은 전혀 불편한 표정을 짓지 않으시고, 다 안다는 인자한 표정으로 힘주어 말씀하셨어요.

"그림을 그리는 것에 대해 가족들에게 절대 미안해하지 마세요. 아이 셋 낳고 집안일을 해내고 있는 자신을 위한 보상이라고 생각하세요. 집안일을 하고 아이들을 키우는 것이 얼마나 대단한가요!"

화가님의 말씀 덕에 마음 한구석을 누르고 있던 무언가가 사르르 없어진 것 같아요.

맞아요.

나의 꿈을 위한 보상.

그것이 바로 우리에게 필요한 거잖아요.

활력소 같은
사람이라고요?

"너는 내게 참 신선한 충격이야. 항상 꿈꾸는 삶을 살려는 적극적인 사람이거든. 누구나 생각은 하지만 정작 시도하지 못하는 사람이 많아. 하지만 너는 용감하게 이뤄내는 모습이 정말 멋져."

"내가 현실 부적응자라 그런 것 같아. 그래서 자꾸 이것저것 하려는가 봐."

"아니야. 절대 그렇지 않아. 너와 이야기하다 보면 내가 참 안일하게 살고 있는 건 아닌가 생각하게 되더라고. 너는 언니의 활력소야."

회사 동기 언니가 뜬금없이 한 말이에요. 언니의 이 말을 듣고 혼자 눈물을 몰래 훔쳤지 뭐예요.

나이 40이 되고 나니, 아이만 낳았지 회사에서는 인정받지 못하고, 도대체 나의 꿈을 위해 그동안 무엇을 했는가. 승진도 언제나 누락, 가고 싶은 부서에서도 계속 거절, 어떻게든 버텨보려 붙어 있는 회사에서는 텃세, 친정 식구들은 다 아프고, 가진 것도 한 푼 없고, 아이는 셋…… 부정적이면 끝도 없이 부정적이게 생각할 수밖에 없는 이런 상황에 제가 매달릴 수 있는 건 오직 그림뿐이었거든요. 그림을 그려야 이런 상황들을 잊을 수 있었으니까요. 그런 내게 동기 언니의 말이야말로 오히려 충격이었어요.

생각해보면 그 동기 언니도 그렇고, 회사의 기혼 여직원들 대부분이 학창시절 공부도 잘 했고, 우수한 성적으로 입사해 미혼 때는 일 잘한다는 소리 들으며 언론에도 소개되기도 하고 인정받았는데, 결혼해 아이를 낳고 나서는 미운 오리 새끼처럼 되어버린 경우가 많았거든요.

동기 언니의 '그 말'을 듣고 나니 그림을 더 열심히 그려야겠다고 생각했어요.

왜냐면 세상의 모든 '강산'에게 용기를 주고 싶기 때문이에요.

　해보자! 할 수 있어!

　그리고 언니, 고마워.

처음으로 그림을
팔았지 뭐예요!

인스타그램에 저의 그림을 빠짐없이 올렸고 매일 새벽에 그리는 상황에 대해 글을 썼어요.

하지만 매일 잘 그려지던 건 아니었어요. 잘 그려지는 날도 있었고 잘 그려지지 않던 날도 있었어요.

나만의 스타일을 찾고자 고민하던 어느 날 새벽, 그날도 역시 아이들을 모두 재우고 책상에 앉았어요. 오늘은 어떤 그림을 그릴까. 무엇을 어떻게 그릴지 유난히 막막하던 날이었어요. 그러다 스스로에게 화가 났지요. 지난 시간 동안 도대체 뭘 한 거야! 앉아서 고민만 한 시간 정도 했던 것 같아요. 한 점도 그리지 못하고 자면 이 새벽 시간이 너무 아까웠기에 마음은 더욱 조급해졌어요. 긴 고민 끝에 밥 말리를 소묘[2]로 그려보기로 했고, 이리저리 그려보았지만 썩 마음에 들지 않았어요.

결국 밑그림도 그리지 않고 크레파스로 쓱쓱 그렸어요! 오늘은 그림이 정말 어렵네!!!

인스타그램에, 그림이 잘 그려지지 않아 속상한 심정과 함께 이 그림을 올렸어요. 여느 때와 같이 다음 날 아침, '좋아요' 수를 확인하기 위해 피곤한 눈을 겨우 떠 인스타그램을 열었어요. DM이 하나 와 있더라고요. '음? 뭐지?' 하고 열었는데, 전날 새벽에 그린 이 〈밥 말리〉 그림을 사고 싶다는 내용이었어요! 믿을 수가 없었어요. 게다가 제가 사는 지역과 30분 거리밖에 되지 않는 가까운 곳에 계신 분이었지요. 이것은 운명이지 않나요? 액자에 소중히 담아 직접 가져다드렸어요. 감사하게도 그분은 한 점을 더 의뢰해주셨어요.

이렇게 그림을 판매하고 나니 큰 책임감이 느껴졌어요.

---

2 연필, 목탄, 철필 따위로 사물의 형태와 명암을 위주로 그린 그림

〈밥 말리〉

그림을 더 열심히 그려서 내가 유명해져야 이렇게 초창기의 그림을 사주신 분께 은혜를 갚을 수 있겠구나라는 책임감 말예요!

제 그림 구매해주셔서 고맙습니다!

3.

그럼에도 불구하고

사회에 불만 있냐?

둘째 육아휴직이 끝나갈 무렵 복직을 앞두고, 여러 가지 걱정이 되었어요.

'내 아이만 어린이집에 일찍 등원하고 제일 늦게 하원해서 선생님이 싫어하면 어쩌지. 아이들이 아파서 어린이집에서 데리고 가라고 전화가 오면 회사에 아쉬운 소리를 해야 하는데 또 욕먹겠네. 갑자기 회사에 무슨 일이 생겨서 다들 늦게 가거나 주말에 나가는데 나만 아이들 때문에 참여 못 하게 되면 어쩌지. 나도 가고 싶은 부서에 가서 열심히 해보고 싶은데 아이가 있는 엄마라 안 받아주겠지.'

첫째 아이 낳고 복직해서 힘들었던 때가 오버랩되면서,

걱정 때문에 잠을 이루지 못했어요. 미리 걱정하는 것이 가장 미련한 것인 것을 알고는 있지만, 복직을 앞두고 있으니 걱정을 하지 않을 수 없더라고요.

여전히 그림은 그리고 있었고, 한편으로는 걱정으로 밤을 지새우기를 며칠. 담배 피우는 사람들, 특히 담배 피우는 여성들에 꽂히기 시작했어요. 여성의 흡연은 사회에 대한 반항을 의미한다고 생각했어요. 요즘에는 사람들의 의식이 바뀌어 길에서 당당하게 피우는 여성들이 늘긴 했지만 사실 담배 피우는 여성들은 여전히 환영받지 못하잖아요. 그래서

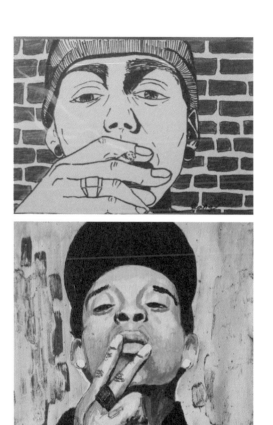

담배를 피우는 사람들, 특히 담배를 당당하게 피우는 여성들을 멋있게 그리고 싶었어요.

어떻게 하면 담배 피우는 모습이 더 멋있게 보일지 고민했어요. 실제 길에 나가서 담배 피우는 여성들을 만나 그녀들의 모습을 직접 보고 싶었어요. 하지만 그때 당시는 담배 피우는 여성들이 거의 없었고, 설사 있더라도 잘 보이지 않는 곳에서 피워서 찾기 힘들었어요. 결국 어쩔 수 없이, 인터넷에서 담배 피우는 여성 사진들을 찾았어요. 이때가 그림독학을 시작한 지 7개월쯤 되었을 때예요.

이렇게 담배 피우는 사람만 그렸더니 제 주위 사람들이 저를 걱정하더라고요. 요즘 무슨 걱정이 있느냐. 사회에 불만이 많으냐 등등.

거의 병적인 집착처럼 담배 피우는 사람들만 그렸으니까요. 제 상황에 불만이 많은 건 사실이었거든요. 불만이 쌓일수록 담배 피우는 사람들만 더욱더 그렸어요. 담배 피우는 사람 그림을 그리고 나면 마치 내가 사회에 맞서 싸울 수 있는 힘이 생기는 것 같았거든요. 그림을 완성했다는 뿌듯함도 동시에 있었던 것은 당연하고요.

"애들 키우는 엄마라고 만만하게 보지 마라!"라고 외치는 기분으로 하나하나 그려나갔어요.

멋지지 않나요?

(물론, 집에 있는 아이들이 볼 수 있는 그림은 아니라서 완성작은 창고에 숨겨놓을 수밖에 없었지만 말예요.)

남동생의 백혈병

둘째를 낳고 복직 후, 역시나 예상했던 위기들과 싸우며 치열하게 살았어요. 아이가 아플 때는 눈치 보며 외출 또는 조퇴, 과 모임에 불참석, 바뀐 분위기와 업무 부적응 등에 잠도 못 자며 근무했어요. 잦은 당직으로 인한 피곤함과 스트레스에 체력이 달려 그림은 그릴 엄두도 못 내고 있었어요.

그러다 예상하지 못했던 위기가 찾아왔어요. 출근 준비를 하던 제게 남동생으로부터 전화가 왔어요.

"누나, 나 백혈병이래. 급성이래. 죽기 싫어."

사실 남동생과 사이가 좋지는 않았어요. 그런데 웬일로 전화했길래 받았더니 이런 말을 하더라고요.

어쨌든, 저보다 먼저 결혼해서 두 아이가 있고 가정을 위해 열심히 살던 남동생이에요. 그런 남동생이 전화로 그런 거짓말 같은 이야기를 하더라고요. 얼마 전에 봤을 때는 분명 건강하게 보였거든요. 잠시 저는 동생의 말이 바로 이해가 되지 않아서 대답하지 않고 남동생의 목소리에 귀를 기울였어요. 남동생은 흐느끼고 있었어요.

"큰 병원 응급실로 가고 있어. 골수 정밀검사를 하고 여러 가지 검사를 해야 어떤 종류의 백혈병인지 알 수 있대."

병상이 부족해 한동안 응급실에서 대기해야 한다고 하더라고요. 그날 이후 친정엄마는 매일같이 울었고 집안 분위기는 깊고 까만 우물에 빠진 느낌이었어요.

암과 치매, 파킨슨병으로 요양원에 계신 친정아버지께는 바로 알리지 못했어요. 충격으로 병이 더 악화되실 것 같아서 어떻게 말씀드려야 할지 모르겠더라고요. 일단은, 동생이 외국으로 출장 가서 당분간 아버지 병문안은 못 온다고 둘러댔어요.

그날 이후, 저는 근무하다가 나도 모르게 멍하니 앉아 있기도 했고, 아무 일 없이 갑자기 눈물이 주르륵 흐르기도 했어요. 비록 우리가 살가운 사이는 아니었지만, 동생과 함께 야구, 농구, 축구를 했던 초등학생 시절, 동네 강아지들이 무서워 맨날 도망다니던 동생의 모습을 보고 깔깔 웃었던 추억들이 스쳐지나갔어요.

앞으로 어떻게 되는 걸까요? 남동생과 올케, 그리고 아직 초등학생인 조카들 생각에 일이 손에 잡히지 않았어요. 아버지한테는 어떻게 말씀드려야 하죠?

뭐라도 하지 않으면 미칠 것 같았어요. 매일 우울함에 빠져 살았어요. 무엇이든 집중할 것이 필요했어요.

문득, 작은 마을의 낡은 벽에 벽화를 그리자는 생각이 들었어요. 벽화를 단 한 번도 그려보지 않았지만 도전해보기로 했어요.

SNS에서 알게 된 작가분과 그림 카페의 작가분들에게 조언을 받아 그리기 시작했어요. 벽화가 쉽지 않기 때문에 보통은 혼자 못하고 작가 한 명이 밑작업을 해주면 그 작가의 지시에 따라 봉사활동하는 분들이 함께한다고 해요. 봉사활동 단체를 통하면 재료비도 지원받을 수 있다고 했어요. 하지만 저는 그런 봉사활동하는 분들을 모을 마음의 여

유도 없었고 오로지 혼자 집중할 것이 필요했기 때문에 혼자 해보기로 했어요.

벽화는 날씨의 영향을 많이 받아요. 먼저 페인트칠을 깨끗하게 한 후 며칠에 걸쳐 바싹 말려야 해요, 그런 다음 밑그림을 그려야 하는데, 벽이기 때문에 밑그림은 생각보다 정말 크게 그려야 하더라고요. 큰 종이에 크게 그리는 것과는 차원이 달랐어요. 그리고 다 그리고 나면 그림이 날아가버리지 않게 커버를 씌우듯 전용 액체도 발라야 해요.

음악을 들으며 벽화를 그리는 동안은 아무것도 생각하지 않을 수 있었어요. 그렇게 두 달 동안 잠도 안 자고 틈틈이 그려서 벽 두 곳을 채웠어요.

동네 어린아이들이 정말 좋아해주었고 마을 주민들께서도 좋아해주었어요. 잠시나마 우울한 기분을 잊을 수 있는 순간이었지요.

다행히 저와 남동생의 유전자가 100% 일치해 저의 골수를 이식해주면 된다고 연락받았어요. 형제자매라 하더라도 유전자가 100% 일치하는 경우는 잘 없다고 하더라고요.

꿈꾸는 화가 엄마의 새벽 2시

하지만 다행히 저와 남동생의 유전자가 완벽히 일치해 저의 골수를 이식해주면 된다고 하니, 불행 중 다행이었어요.

골수를 이식해주려면 저 역시 병가를 며칠 내야 했어요. 당시 제가 근무하던 곳은 한 명이 빠지면 다른 직원들이 빠진 직원의 몫만큼 더 일해야 하는 구조였어요. 제가 며칠 빠진다는 것은 다른 직원들에게 피해를 많이 줄 수밖에 없었지요. 남동생이 위급할 때 헌혈증을 모아주고 직접 헌혈도 해주었던 고마운 동료들이었기에 그들에게 피해를 줄 수는 없었어요.

그래서 팀장님께 차라리 다른 부서로 옮겨달라고 했어요. 물론 다른 부서에서도 제가 없는 동안 피해가 가겠지만 그래도 지금 있는 부서에 비해서는 그 피해가 조금 덜 하다고 느낀 곳이었고, 욕먹을 각오는 하고 있었어요. 그렇게 다른 부서로 옮기게 되었고, 공교롭게 골수이식의 일정과 맞물려 인사이동 하자마자 골수이식으로 병가를 내게 되었어요.

형제자매가 아닌 골수 기증자들에게 받을 때는, 젊은 남성들에게 받는다고 하더라고요. 골수를 주는 것이 체력적으로 힘이 들고 여성들에게 받을 때는 골수의 성분이 부족할 수 있어서 한 번에 채울 수가 없기 때문이래요.

골수이식 전날 갑자기 생리가 시작이 되었어요. 골수를 빼내야 하는데 생리까지 하니 부족할 수밖에 없었지요. 그래서 골수를 두 차례에 걸쳐 빼야 했어요. 이식 후 저도 수혈을 받아야 하는 상황까지 발생했어요. 결국 병가기간이 늘어나 2주의 병가를 냈어요. 골수이식은 그렇게 마쳤어요.

무엇을 위해
사는가

2주의 병가가 짧은 기간은 아니지요. 동료들에게 매우 미안한 마음을 갖고 새로 발령받은 부서로 출근했어요. 병가를 내고 새로 간 부서는 처음 보는 분들이었지만 다행히 많은 분들이 걱정해주었어요.

하지만 아이 엄마가 일하며 피할 수 없는 문제는 여전히 존재했어요. 다른 부서에서 온 데다가, 예전부터 존재했던 아이 엄마를 싫어하는 회사 분위기, 긴 병가 끝에 온 이유 등등 일부 직원들의 텃세가 너무 심했어요.

이미 정신적으로 힘든 상황이었기 때문에 텃세까지 당해낼 재간이 없었어요. 게다가 요양원에 계신 아버지는 치매가 심해지셨고, 아들이 병문안을 오지 않으니(남동생이 아픈 것을 어떻게 설명해야 할지 모르겠어서 그때까지도 말씀드리지 못하고 있었거든요.) 화가 나셔서 다른 어르신들을 때리고 밤에 위험하게 침대에서 내려오려 발버둥 치신다고 하루가 멀다하고 연락이 왔어요.

그 와중에 회사에서는 제가 그림 그리는 것이 소문나, 업무 외적으로 그림 그려주길 원했어요. 퇴직하시던 분들에게 회사 차원에서 퇴직선물로 드리려 하니, 그분들의 초상화를 며칠 만에 그려달라고 하더라고요. 병가를 길게 낸 것도 있고, 여러 가지로 죄인이 된 생각에, 처음에는 몇 점 그려드렸어요. 사실, 그림으로 인정받고 싶은 욕심을 내려놓지 못한 저의 잘못도 있지요. 하지만 점점 부담이 되었고, 시간적, 체력적으로 너무 힘들었어요. 결국 못하겠다고 말씀드렸어요. 오해가 없도록 설명했어야 하지만, 모든 것이 힘에 부쳤기에 상황에 대해서는 말조차 하지 못했어요.

둘째를 낳은 후로 잠깐의 쉼도 없던 이때가 제 인생 가장 힘든 시기였던 것 같아요. 매일 눈물을 흘렸고 퇴근하고 집에 와도 무기력하게 멍하니 앉아 있었어요. 부부싸움도 잦

앉어요. 저는 기분이 좋지 않다는 이유로 남편에게 소리 지르고 화내기 일쑤였지요.

그때 당시 첫째 아이가 초등학교 3학년이었는데, 어느 날 담임선생님께 전화가 왔어요. 아이 성격검사를 했는데 우울증 지수가 높게 나왔다며 집에 무슨 일이 있는 것이냐 물으셨어요. 선생님의 그 말씀을 듣자, 머리를 망치로 한 대 맞는 느낌에 주저앉아버렸어요. 정작 내 아이들을 챙기지 못하고 있었구나. 가족 외의 상황에 혼자만 빠져서 우울해하고 있는 동안, 세상에서 가장 소중한 내 아이들은 방치되고 있었던 거예요. 하루하루 살아내는 것이 버거웠던 탓에, 가장 중요한 엄마라는 역할을 잊고 있었던 거예요.

그제야 내 아이들에게 눈길을 돌렸어요. 첫째 아이는 하교 후 혼자 학원에 가서 시간을 때우고 있었고, 둘째 아이는 어린이집에 하루종일 있다가 가장 늦게 오는 아이였어요. 아이들은 집에 와서 엄마 품에는 안길 찰나도 갖지 못하고 있었지요. 그때의 미안함은 몇 년이 지난 지금도 죄책감으로 남아 있어요. 아마 평생 그 죄책감을 잊지 못할 거예요.

이렇게 살 수는 없었어요. 무언가 전환이 필요했어요.

윗니

위에 있는 앞니 하나가 맥없이 쑥 빠졌어요. 놀랄 틈도 없이, 윗니 전체가 지진이라도 난 듯 잇몸에서 덜컹거리며 빠져나오려 했어요. 어떻게 된 거지. 이것들이 살아 있나? 이들은 잇몸에서 벗어나려 몸부림치는 것 같았어요. 그 사이 다른 앞니 하나가 또 훌렁 빠졌어요. 빠진 이를 보니 뿌리까지 몽땅 뽑혔더라고요. 다른 이들까지 빠질새라 손바닥으로 흔들리는 윗니를 모두 붙잡았어요.

이들 하나하나가 각각 생명이라도 있는 건가? 열심히 붙든 것이 무색하게도 결국 손가락 사이로 나의 모든 윗니들이 쏟아져 나왔어요. 양손에는 뿌리채 뽑힌 이들이 수북히

쌓였어요. 혀로 윗잇몸을 더듬어 보았는데 단단히 박혀 있던 어금니들까지 모두 빠져 물컹한 잇몸만 만져질 뿐. 빠진 이들을 모아들고 치과에 가면 다시 심어주려나? 그런데 도대체 왜 갑자기 이들이 다 빠진 거지? 그것도 윗니들만. 거울 속 휑한 입 안을 들여다보며 통곡하였어요.

엉엉 울며 깜짝 놀라 일어나 보니 침대에 누워 있었어요. 꿈인가 생시인가? 혀로 다시 윗잇몸을 더듬어 보니, 이가 그대로 있어요. 거울로 달려갔어요. 눈에 눈물이 맺힌 채로 어금니까지 다 보이게, "이~" 해보았어요. 다행히 이들은 모두 있었어요. 꿈이었어요…….

불쾌했지만 생생했던 그 꿈.

그 꿈은 얼마전 제가 가장 사랑하는 아버지가 돌아가시기 전까지 이십 년 넘게 저를 괴롭혔어요.

4.
느리지만 작은 성과

영국 유학 준비
독학으로 준비한 포트폴리오

그림은 여전히 나의 안식처이자 도피처예요. 그림만이 나를 알아주는 유일한 친구지요.

첫째 아이 담임선생님과의 상담 후에야 번아웃 상태에서 정신을 차린 저는, 모든 것에서 도망가고 싶었어요. 현실에서 도망갈 방법을 찾다가, 그래! 아무도 나를 찾을 수 없는 해외로 나가기로 결심했어요. 아예 모르는 외국인들에게 차별을 당하는 것이 차라리 이곳에서의 생활보다 덜 힘들 것 같았어요.

친정이 그 지경이고 아버지가 그 지경인데 무책임하다 할 수도 있어요. 시댁도 어려운 상황이었지만 시댁까지 돌볼

여력이 없었어요. 내가 일단 정상으로 돌아와야 이 세상에서 가장 소중한 내 아이들이 나의 보살핌을 받을 수 있으니까요. 무엇보다 아무도 나를 찾을 수 없는 것이 중요했어요. 내 소중한 아이들과 유일한 친구인 그림과 함께 떠날 거예요.

결심한 순간부터 매일같이 인터넷으로 유학을 검색했어요. 내가 공부하고 싶었던 순수미술을 위해 어느 나라가 좋을지, 그리고 아이들을 혼자 키우며 먹고 살기 덜 빠듯할지 밤새 검색하고 또 검색했습니다. 독일과 미국과 영국으로 선택이 좁혀졌고, 여러 가지 따져본 바 영국이 가장 적당했어요. 영국 유학은 나의 새로운 기회가 됨과 동시에 현실에서의 도피가 될 거예요. 무조건 가야 했어요. 유학원들 이곳저곳 전화해서 방법을 물어보았고 상담 약속을 잡아 아이 둘을 바리바리 데리고 강남의 유학원들을 전전했어요.

"포트폴리오 작성을 잘 해야 좋은 대학원에 입학하기 유리합니다. 하지만 비전공자인 강산 님의 그림에서는 전문성이 보이지 않으니, 포트폴리오 작성하는 학원의 도움 받는 것이 좋을 것 같습니다."

아이가 둘이 있고 일까지 하기 때문에, 강남까지 학원을 다니는 것은 그림의 떡이었지요. 결국, 방법만 알려주면 내가 직접 작성하겠다고 했어요. 다른 사람들이 작성한 PPT들을 몇 가지 보여주어서 참고할 수 있었어요.

그날로 집에 돌아와서는 제 그림들을 몽땅 가지고 스튜디오로 무작정 가서 제 그림들의 장점이 최대한 잘 나타나게 사진을 찍었어요. 사진 찍는 기술이 없어서 쉽지 않았지만, 스튜디오 렌트가 가능한 2시간 동안 저의 그림들을 열심히 찍었어요. 그리고 틈날 때마다 새로운 그림을 그려냈고, 밤과 주말에는 포트폴리오를 작성하기 시작했어요. 결국 제 마음대로 양식을 만들어, 간절함과 함께 어렵게 사진 찍은 그림들을 담은 포트폴리오가 완성되었어요.

그렇게 유학원에 보내주니 돌아온 말이 이랬어요.

"그림 수준이 너무 낮아요. 합격이 어려울 듯 싶어요."

맞아요. 그림 그리기 시작한 지 얼마 되지 않았고 배운 적도 없고 새벽에 고작 몇 시간 그린 것으로는 실력이 좋을 리가 없지요. 나도 내 그림 수준이 낮은 거 알아요. 하지만 갈거예요. 갈 수 있어요. 가야 해요!

유럽으로 가기 위해서는 틀에 박힌 그림 말고 참신한 것

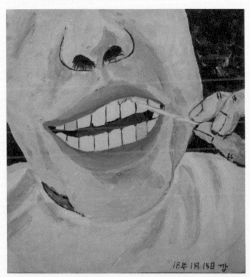

18年 1月 15日 강

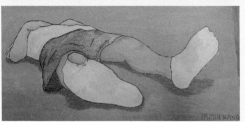

이 필요해! 나만의 그림! 나만의 그림! 그전까지는 다른 사람들을 따라 그리거나 실물과 똑같이 그리려는 생각만 했지만, 그때를 계기로 그림이라는 것에 심각하게 고민을 하게 되었어요. 나만의 스타일이 매우 중요하다는 것, 그 스타일이라는 것을 찾기 위해서는 정말 많은 고민과 그림 연습이 필요하다는 것.

영국 런던의 킹스턴 대학교 대학원 fine art에서 입학 포트폴리오를 제출한 사람들의 면접을 위해 담당 교수가 한국에 왔어요. 하늘과 같은 면접의 기회가 생겼어요! 이 기회를 절대 놓치면 안 되었지요.

면접은 영어로 이루어졌어요. 유창한 영어 실력은 아니었지만 미리 연습해 간 말들은 제가 직접 했고, 통역해주시는 분이 옆에서 도와주기도 했어요. 면접은 유쾌하게 이루어졌어요. 면접관이 유난히 크게 웃었던 그림들이 있었는데 바로 이 그림들이었어요.

면접관의 호탕한 웃음에 느낌이 좋았어요! 합격할 것 같아요!

합격, 그리고 선물

두 대학에서 연락이 왔어요.

면접을 보았던 킹스턴 대학에서는, 제가 그림을 전공한 것이 아니기 때문에 기본이 조금 부족해 바로 석사과정으로 입학할 수는 없다고 했어요. 하지만 그림을 배우면 좋은 화가가 될 큰 가능성이 보인다며, 그 바로 전 과정인 Pre-master 과정에서 1년을 공부하고 난 후에 대학원 입학할 수 있다는 허가가 떨어졌어요.

또 다른 한 곳은 드몽포트라는 대학원이었고 석사과정이었어요.

우주가 제 간절함을 알아준 것일까요? 합격 소식은 우

울의 수렁에 빠져 있던 저를 끌어올려준 동아줄 같았어요.

이 지옥 같은 현실에서 도망가고, 내 아이들에게 영국에서 공부할 수 있는 기회가 생기는 일석이조의 기회가 드디어 내 손에 잡히는 순간이었어요!

두 곳 중 어디로 갈지 행복한 고민이 시작되었어요. 드몽포트는 런던이 아닌 다른 지역에 있는 곳이라 결국 런던에 있는 킹스턴으로 가기로 결정했습니다. 초등학교와 유치원을 알아보고 집도 알아보느라 바쁘지만 설레는 시간들이었습니다. 런던 안에서는 모든 것이 비쌌지만 아주 조금만 외곽으로 나가도 집값 차이가 많이 났어요. 대학 안에도 기숙

사처럼 머물 수 있는 곳도 있다고 하여 아이를 데리고 살 수 있는지도 알아보았어요.

저는 킹스턴에서 어떤 미술 교육을 받게 될까요? 입학하기 전에 무엇을 더 준비하고 공부해 가야 할까요? 생각만 해도 너무 설렜습니다! 생활비 문제가 생길 수 있으니 아르바이트도 해야겠네요.

유학 준비로 바쁜 시간을 보낼 무렵, 문득 제 몸에 이상이 생긴 것을 느꼈어요. 달력을 세어보며 그럴 리가 없다고 생각했지만, 남편에게는 일단 알리지 않고 약국에서 임신 테스트기를 샀어요. 임신테스트기를 들고 있는 제 손이 몹시 떨렸어요.

예감은 늘 틀리는 법이 없지요. 아주 진한 두 줄이 나타났어요.

여느 때처럼 평범한 저녁 식사시간이었어요. 저는 입맛이 없어 먹지 못하고, '그 사실'을 언제 어떻게 이야기해야 할지 온통 그 생각뿐이었어요.

"여보, 잠깐만……!"

밥 먹는 남편을 안방으로 불렀어요. 그리고 임신테스트

기를 아무 말 없이 보여주었어요. 그 작은 눈이 잠시 커졌고 그의 얼굴 옆에는 물음표가 백 개쯤 떠 있는 것 같이 보였어요. 그러더니 퍼뜩 정신이 들었는지, 남편은 저를 안고 고릴라처럼 환호성을 지르며 집안 이곳저곳을 뛰어다니더군요. 셋째 아이가 생겨 좋아하는 것인지, 기러기 아빠가 되지 않아도 된다는 안도였는지 그의 마음을 정확히 알 수 없었지만, 저를 보며 환하게 웃는 그의 미소를 보니 내 우울한 상황 때문에 남편까지도 방치했었던 걸까, 내가 너무 이기적이었던 걸까. 미안한 마음이 들더라고요.

새옹지마(塞翁之馬) 이야기가 있어요. 상황이라는 것은 늘 좋지만도 안 좋지만도 않다는 이야기지요. 셋째가 우리 가족에게 온 이유는 분명히 있을 거예요.

임신한 몸으로 외국에서 남편 없이 혼자 아이 둘을 키우며, 일하고, 대학원을 다니기는 자신이 없었어요. 영국의 산부인과 시스템이 어떤지도 몰랐고 그곳에서 남편 없이 혼자 아이를 낳을 수도 없는 노릇이었지요.

결국 모든 것을 포기하고 셋째를 낳기 위해 몸조리를 시작했어요.

나이도 많았고, 골수이식을 한 지 얼마 되지 않았던 터라 그전 두 아이 때와는 다르게, 임신 6개월차가 되기 전까지 정신을 차릴 수 없을 정도로 너무 힘들었어요. 누워서 살려달라고 매일 소리 질러야 할 정도였지요. 세상이 빙글빙글 돌았어요. 영국에 갔으면 큰일날 뻔했다는 생각이 들더군요.

첫째, 둘째 아이 모두 제왕절개를 해서 세 번째 아이도 당연히 제왕절개를 해야 했어요. 이미 겪어서 아는 고통이라 그런가, 전보다 더 무서웠어요.

우여곡절 끝에 셋째 아이가 우리 가족에게 건강하게 왔어요! 셋째 아이 덕분에 우리 가정은 분위기가 완전히 바뀌었지요. 비록 런던으로 유학은 가지 못했지만 셋째 아이의 귀여움 덕분에 모든 것을 잊을 수 있게 되었고 우리 집은 다시 웃음소리로 채워졌어요. 저의 우울함도 어느 정도 걷히면서 첫째와 둘째도 제가 보살필 수 있게 되어 아이들도 다시 밝아졌고요.

적절한 타이밍에 생긴 셋째 아이는 우리 가족을 위한 신의 큰 선물인가 싶습니다. 요즘에도 셋째 아이에게 물어봐요.

"엄마 배 속에 들어오기 전에 어디 있다가 왔니? 천사들이랑 놀던 우리 막내, 엄마 울지 말라고 하느님이 엄마한테 선물로 보내주신 거지?"

"응. 엄마."

5.

독학 화가의
독학 비법

연필

미술학원에서는 선 연습을 먼저 시켜요. 가로로 한 바닥 꽉 채우고, 세로로 꽉 채우고, 대각선으로 꽉 채우고. 왜냐 하면 선이 예뻐야 그림이 예쁘거든요. 충분히 연습이 되고 나면 정육면체, 원기둥, 원뿔 이런 석고들을 연습하지요. 빛의 방향에 따른 그림자 그리기가 요점이에요. 빛과 그림자를 알아야 하니까요. 그다음은 캔, 화분 같은 정물을 그려요. 그다음은 석고상들을 그리지요.

하지만, 그런 거 싫다! 못 그려도 되니 내 마음대로 시작 하겠다! 그러면 선 연습은 과감하게 스킵하세요! 그것이 바로 독학의 묘미(!) 아니겠습니까! 저도 선 연습이 너무 지루

꿈꾸는 화가 엄마의 새벽 2시

해서 사람 얼굴 먼저 냅다 그렸거든요.

그런데 제가 독학을 해본 바, 어쨌든 스케치 단계는 가장 중요한 단계더라고요. 왜냐하면 이것이 모든 그림의 기초이기 때문이지요. 그리고 내가 표현하고 싶은 것을 정확히 표현하려면 스케치를 자유자재로 할 수 있어야 해요. 대고 그릴 수는 없으니까요. 대고 그린 것은 자신의 그림이 아니예요. 물론 대고 그려도 자신만의 스타일로 표현한다면 다를 수 있겠지만, 대고 그린 그림 자체는 복사한 것과 크게 다르지 않다고 생각해요. 그렇기 때문에 원하는 것을 자유자재로 그리는 연습은 아무리 강조해도 지나치지 않습니다.

독학을 시작했던 초창기에 영화 〈신세계〉 포스터를 그려보았습니다. 선 연습을 스킵한 티가 나네요. 최민식 님의 양복과 뒤 배경의 선이 많이 투박해요. 인터넷 카페에 이 그림을 올려서 그림 고수님들한테 문제점을 여쭤보았습니다. 역시 무릎을 탁 치는 조언을 해주셨습니다.

"까만 부분이라고 무조건 벅벅 칠하면 안 됩니다. 까만 부분이지만 자세히 보면 나름의 모양이 보여요. 그것을 표현해야 합니다."

　어두운 부분을, 제일 진한 연필로 정말 벅벅벅벅 칠했거든요. 이 그림을 계기로 어두운 부분을 어떻게 표현하느냐가 고수와 하수와 차이라는 것을 알았어요. 결국, 어두운 부분이 까맣게 보인다고 똑같이 까맣게 칠할 것이 아니라, 이 부분이 어떤 모양이겠다 생각을 해서 약간의 음영을 주는 것

　　　　　꿈꾸는 화가 엄마의 새벽 2시

이 좋은 방법이라는 말씀이겠지요.

또한 그림자처럼 아무것도 없이 어두운 부분을 칠할 때도 처음부터 힘을 주어 진하게 칠하기보다는, 흐린 선을 여러 번 겹쳐 올리는 것이 그림의 전체적인 분위기가 달라집니다. 빈 종이에 연필로 직접 한번 해보시기 바랍니다. 이 책 귀퉁이에 해보셔도 돼요. 그 두 가지 방법의 다른 느낌을 알아야, 그림을 그릴 때 자유자재로 활용할 수 있답니다.

저는 인물화를 주로 그리다 보니 눈의 완성도가 높아야 인물이 살아 있는 것처럼 보이는 것을 알게 되었습니다. 그래서 눈동자만 주야장천 그리기도 했어요. 사람의 눈을 자세히 보면 눈동자가 많이 복잡하게 생겼습니다. 그 복잡한 눈동자도 그려보세요.

당연히 처음부터 100% 만족스럽지는 않아요. 하지만 며칠에 걸쳐 눈, 코, 입을 별도로 열심히 연습한 끝에 인물화 한점이 완성되면, 마치 내가 화가가 된 양 뿌듯하답니다.

지우개는 틀린 것을 지울 때 쓰지만, 최고의 연필이기도 합니다. 밝은 머리카락을 표현할 때, 빛이 많이 들어간 아주 밝은 부분을 그릴 때, 지우개를 뾰족하게 잘라서, 어두

운 부분에 그림을 그리듯 지워주면 다른 느낌의 멋진 표현
을 할 수 있습니다.

　부드러운 느낌을 표현하고 싶을 때는 찰필이라는 것을
활용할 수도 있어요. 종이를 돌돌 만 연필모양으로 생긴 것
인데, 연필이나 목탄으로 그린 선을 뭉갤 때 쓰는 용도거든

요. 선을 그리고 이 찰필로 문대면 연필선이 번지는 색다른 느낌을 낼 수 있습니다. 휴지로 문대거나 손가락으로 문대는 방법도 있습니다. 연필과 지우개만 있으면 온갖 표현이 다 가능하다는 것이 정말 놀랍지 않나요? 무조건 시도해보세요!

　초창기 저의 목표는 "똑같이 그리자!"였습니다. 연필로
데생 연습을 하고 또 했어요. 사진만 보고 그리다가 실제의
모습을 보고 그려보고 싶어 장미 생화를 사서 그려보기도 했
지요. 실제로 사서 그렸더니 그 장미가 시들까 봐 전전긍긍
하게 되는 특별한 경험도 했어요. 고흐가 해바라기를 그릴
때 그랬다죠! 그때 저의 마음은 이미 프랑스 남부지방에서
그림 그리는 화가였답니다.

아크릴 물감

데생은 흑백으로만 표현이 되다 보니, 알록달록 그림을 표현해보고 싶었어요. 색이 들어가면 그림에 나만의 개성을 더 많이 담을 수 있지 않을까 하는 생각이 들었거든요. 당시 제가 아는 물감은 수채화 물감과 포스터 물감밖에 없었는데 인터넷에 검색해보니 아크릴 물감이라는 것이 있더라고요.

그 물감의 장점, 물을 적게 섞으면 유화 같은 느낌을 낼 수 있고, 물을 많이 섞으면 수채화 같은 느낌을 낼 수 있으며, 유화만큼 몸에 유해하지 않고 또 아주 빠르게 마른다는 것이었다. 하지만 유화처럼 깊은 느낌이 나지 않는 것이 단점이었어요. 그 단점 때문에 완전하게 마음에 들지는 않

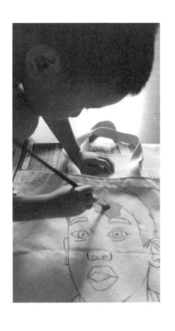

았지만 집에 아이들이 있다 보니 몸에 유해하다는 유화를 쓸 수는 없었어요. 결국 아크릴 물감을 사용해보기로 했습니다.

아크릴 물감의 느낌을 알고 싶어 처음에는 에코백에 아이의 얼굴을 그리고 함께 색칠해보았어요.

그런데 천이 물감을 정말 많이 먹었고, 생각보다 물감이 너무나 빨리 마르는 것이었어요. 살구색을 만들기 위해 노랑, 빨강, 흰색을 섞었는데, 팔레트에 섞어놓은 물감이 금세 바싹 말라 쓸 수 없었어요. 다시 만들려면 아까와 아주 똑같은 색을 만들 수 없기 때문에 그림이 얼룩질 수밖에 없었지요. 아크릴 물감에 익숙해지려면 속도를 높여야겠더라고요.

또한 캔버스에 그릴 때는 젯소라는 액체를 발라야 물감

이 허비되지 않으면서 색이 더 예쁘게 나온답니다. 판매하는 캔버스를 사서 그대로 써도 되지만, 젯소를 한번 더 바르면 물감을 칠했을 때 더 예쁜 색이 발색됩니다. 젯소에 물을 섞어서 한번 바르고, 다 마르면 다른 방향으로 한 번 더 발라주세요. 젯소를 잘못 바르면 캔버스가 울퉁불퉁해지기 때문에 조심스럽게 신경 써서 발라야 합니다. 저는 물 섞어서 여러 번 칠하는 것이 귀찮아서 젯소에 물 섞지 않고 한 번만 바르기도 했습니다. 젯소를 바르는 규칙이 있을 테고 그 방법은 가장 효율적이고 효과적인 것이기는 하겠지만, 저는 그 규칙을 따르지 않고 제 방식대로 했어요. 그림은 1＋1＝2처럼 온 세계가 약속한 공식이 있는 것은 아니니까요.

젯소는 캔버스 외에도 나무, 병 등 자신이 그리고 싶은 물건 위에 바를 수도 있습니다.

아크릴 물감을 연습하기에는 팝아트가 제격인 듯싶어요. 그림이 단순하고 면이 넓기 때문에 색을 깔끔하게 칠할 수 있고, 여러 색을 섞으면 어떤 느낌의 색이 나오는지, 발랐을 때는 어떤 느낌인지 알 수 있거든요. 캔버스, 젯소와도 친해질 수 있고요.

그때 무슨 자신감이었는지 처음 연습한 팝아트 그림들을 지인들에게 선물했답니다. 그림을 받고 기뻐해주신 분들께 진심으로 감사의 말씀을 드립니다.

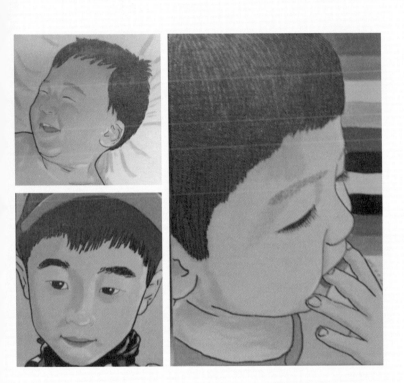

오일파스텔, 크레파스

오일파스텔이라는 재료는 생전 처음 들어보는 재료였어요. 생긴 것은 크레파스처럼 생겼고 느낌도 비슷해요. 하지만 크레파스보다는 약간 더 물러요. 일반 파스텔은 손이나 휴지 등을 써서 번지게 하지만 오일파스텔은 기름으로 번지게 해야 하더라고요. 잘만 쓰면 유화처럼 부드러운 느낌이 들어 따뜻한 그림을 그리기 참 좋을 것 같아요. 전용 기름이 있다고 하던데 식용유로도 가능하다고 하여 저는 식용유로 사용해보았어요. 식용유를 통에 담아서 붓에 묻혀, 오일파스텔로 그린 부분을 살살 문대면 됩니다.

옆의 그림은 오일파스텔을 사용한 그림이지만 식용유로

번지게 하지 않은 그림인데 크레파스와 느낌이 비슷해요, 다른 그림은 오일파스텔을 식용유로 열심히 번지게 한 그림입니다.

오일파스텔과 크레파스와의 차이점을 확실히 알고 싶어 오일파스텔 연습 당시 크레파스 그림도 그려보았습니다.

크레파스로 칠할 때 팁은, 손에 힘을 주고 빡빡 칠해서 하얀 부분이 안 보여야 예쁘다는 것입니다. 그림 속 풍선 부는 소녀를 그릴 때, 크레파스를 약하게 한 번 칠하니 그림이 그리다 만 것 같아서 예쁘지 않더라고요. 스케치북의 흰 부분이 보이지 않게 힘을 줘서 칠하니 훨씬 보기 좋은 그림이 되었어요.

오일파스텔도 크레파스처럼 쓸 수는 있지만 무르기 때문에 빨리 닳아요. 오일파스텔을 번지지 않게 칠한 것과 크레파스의 느낌이 비슷하기에, 오일파스텔을 번지지 않게 하고 싶다면 굳이 오일파스텔을 쓰기보다는 크레파스를 사용하는 것이 좋을 듯싶습니다.

색연필

그림을 시작하던 무렵 인스타그램을 시작했어요. 팔로워는 100명도 채 되지 않았지요. 저의 어쭙잖은 그림들을 계속 업로드했어요. 착하신 인스타그램 친구분들이 저의 새벽 그림 라이프를 응원해주었고 제 게시물에 '좋아요'를 눌러주었어요.

인스타그램 활동을 하며 다른 사람들의 그림을 많이 봤어요. 그림을 잘 그리는 사람들이 정말 많죠. 그중에 색연필로 사진처럼 그리는 사람들의 그림이 눈에 띄었어요. 색연필로 사진처럼 표현할 수 있다는 사실이 너무 흥미로웠어요. 나도 할 수 있을지 시험해보고 싶었어요. 그때 당시 사

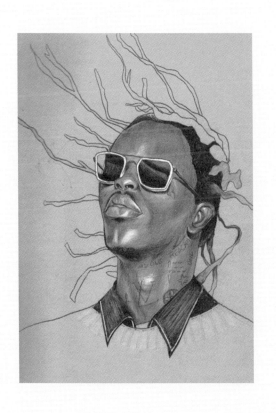

진처럼 똑같이 그리는 것이 목표였기 때문에 색연필은 저를 자극하기에 충분했지요. 저는 쇼핑을 정말 싫어하는데, 그림 재료 사는 것은 왜 이렇게 좋은지, 색연필 그림 그리고 싶다! 생각나는 순간 바로 구매했어요. 꿈을 위한 투자라면 전혀 아깝지 않아요!

밑을 돌리면 나오는 둥근 색연필 말고, 깎아 쓰는 색연필이 좋아요. 심을 뾰족하게 깎아 써야 하기 때문이지요. 연필로 데생할 때는 뭉툭하게 깎아서 스케치하지만, 색연필로 칠할 때는 색연필을 아주 뾰족하게 깎아서 써야 깔끔하게 칠해져요.

이것은 제 취향이겠지만, 색연필은 흰 종이보다는 크라프트지라고 하는 황토빛 나는 종이에 그리는 것이 더 예쁘더라고요. 발색이 예쁘게 되고 종이가 두꺼워서 잘 뚫리지 않거든요.

1. 색연필을 칠하기 위해 먼저 연필로 구도를 잡아 스케치를 합니다.
2. 빛이 많이 든 밝은 부분은 흰 색연필로 칠해보세요. 꼭

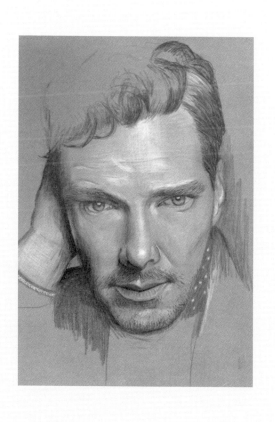

흰색으로 칠하지는 않아도 돼요. 자신이 좋아하는 색으로 칠해도 됩니다. 밝다고 해서 꼭 제일 밝은 흰색으로 칠해야 한다는 법은 없으니까요!

3. 원본 사진을 사진첩에 담고, 내가 스케치한 밑그림, 채색한 그림을 같은 사진첩에 놓고 비교하면 내 그림의 어느 부분이 이상한지 알 수 있어요.

색연필은 뾰족하게 깎을 수 있기 때문에 섬세하게 표현할 수 있다는 장점이 있어요. 앞서, 어두운 부분을 연필로 데생할 때 흐린 선을 여러번 칠하는 방법이 있다고 말씀드렸듯, 색연필도 한 방에 꽉 눌러서 진하게 칠하는 것보다 계속해서 살살 덧칠할수록 더 깊은 느낌이 드는 속성이 있어요. 단, 너무 덧칠하면 종이가 일어나서 구멍이 뚫릴 수도 있습니다. 그 점만 주의하고 많이 연습하다 보면 SNS에서 볼 수 있는 잘 그리는 사람들처럼 그릴 수 있습니다!

동양화

2018년에 공모전에서 입상을 한 적이 있어요. 어쭙잖은 그림임에도 상을 받아서 얼떨떨했지요. 시상식이 있는 날, 시상식장에는 입상자들의 그림이 모두 전시가 되었어요. '내 그림이 이 사이에 있다니, 내가 감히 이 대단하신 분들과 함께 여기 있어도 되는 것인가' 하며 민망하기도 했지만, '아, 이렇게 나도 화가가 되어가는 건가'라는 뿌듯하기도 한 묘한 기분이었어요.

그때 본 전시 작품들 중 제 눈을 사로잡은 작품들은 동양화였지요. 그 색감이 어찌나 곱던지 눈을 뗄 수 없었어요. 화려한 서양화들과 달리 은근한 깊은 매력이 느껴졌어요.

'아. 그려보고 싶다!'

그때부터 또 새로운 도전병이 시작됐어요. 그간 연필, 색연필, 아크릴 물감, 크레파스, 오일파스텔을 사용해봤지만, 딱 하나 사용해보지 않은 것이 있었는데 바로 동양화 물감이었거든요.

그런데 용어가 어려운 건지 기법이 어려운 건지 아무리 인터넷을 찾아봐도 무슨 말인지 감이 오지 않더라고요. 그간 독학해온 그림들과는 달리 동양화는 과정이 많이 복잡했어요. 마침 제가 가입한 카페에 2시간 정도의 무료 원데이 클래스로 알려주신다는 분이 계셔서 그분께 기본적인 방법을 여쭤보았어요. 독학으로는 알기 어려운 복잡한 기본적인 과정을 친절하게 알려주셨어요.

종이에 커피나 우려낸 찻물로 염색을 하고, 바싹 마른 후에 아교포수라는 것을 해야 해요. 아교포수를 잘해야 물감이 번지지 않고 예쁘게 발색되더라고요. 종이를 코팅하는 느낌이랄까요?

동양화가 깊은 느낌이 드는 이유가 바로 이거였어요. 그림을 그리기 위한 준비 과정이 결코 간단하지 않고 굉장한

꿈꾸는 화가 엄마의 새벽 2시

정성이 들어간다는 것. 그림을 그릴 수 있는 종이를 만들기 위해서는 며칠이 걸린다는 것, 예민한 종이는 날씨에 큰 영향을 받는다는 것.

　동양화를 알면 알수록 우리 선조들이 존경스럽더라고요. 게다가 산수화를 그린 옛 화가들은 도대체 그 많은 재료들을 어떻게 다 가지고 다닌 걸까요? 요즘 나온 간편한 재료들도 갖고 다니기 번거로운데 동양화 재료들 휴대라니. 도저히 상상이 가지 않을 때쯤 〈예술의 전당〉에서 열린 산수화 전시에서 수수께끼가 풀렸어요. 휴대용으로 간단하게 가지고 다닐 수 있는 통이 따로 있었더군요. 그 당시에는 사진기가 없기 때문에 작은 종이에 간단하게 그리고 색은 종이 귀통이에 메모를 해둔다고 해요. 그리고는 집에 오자마자, 그 장면을 까먹기 전에 큰 종이에 옮겨 그렸다고 하더라고요. 그게 가능했다니. 정말 존경스럽지 않나요.

　공필화[1] 책을 사서 꽃그림을 모작해서 연습했어요. 공필화는 동양화의 한 종류인데 굉장히 세밀한 것이 특징이라

1　중국의 전통회화 기법 중 하나. 붓으로 세밀하고 정교하게 그린 그림.

고 합니다.

저는 꽃그림이 너무 어렵더라고요. 그래서 얼마 연습하지 않고 제가 정말 좋아하는 인물화를 시작했지요!

영화 〈왕의 남자〉에서 장생 역을 맡은 감우성 배우를 그려보았어요. 제가 좋아하는 진한색이 너무 매력적이에요! 이 그림을 그리면서도 스케치가 중요하다고 느꼈어요. 역시 그림의 기본은 스케치인 듯해요.

이 그림을 그릴 때 일화가 있답니다. 성격이 급한 저는, 동양화 물감이 익숙해질 만큼 연습도 충분히 하지 않았으면서, 내가 원하는 색감이 잘 나오지 않는다며 스스로에게 화가 나, 그림을 구겨서 쓰레기통에 버렸었어요. 완전히 구기니 그 큰 그림이 주먹만해지더군요. 남편이 어찌 알았는지, 다음날 쓰레기통에서 그림을 꺼내, 다림질해서 그림을 쫙쫙 펴서 식탁 위에 올려놓고 출근했더라고요. "포기하지마."라는 쪽지와 함께 말이에요.

남편의 작은 이벤트에 눈물 찔끔 흘리고, 다시 그리기 시작했어요.

'그래. 이번에는 포기하지 않고 끝까지 그리자. 연습을 충

분히 하지 않았으니 내 마음 같지 않은 것은 당연해.'

빨간색 동양화 물감에 물을 좀 덜 섞고 진하게 칠했어요. 아크릴 물감 칠할 때처럼요. 물이 적게 들어가 그림이 좀 텁텁한 느낌이에요.

우여곡절 끝에 그림이 완성이 되었어요. 그런 스토리가 있다 보니 그림에 더 애정이 갔더라고요. '내가 그때 왜 그랬을까' 하며 고생한 내 그림 다시는 홀대하지 말자 다짐했어요.

그다음은, 영화 〈천문〉의 장영실 역할을 한 최민식 배우를 그렸어요. 특히 저는 이 그림이 참 마음에 들어요. 피부, 머리카락, 수염…… 한 올 한 올 머리를 심듯, 수염을 심듯 정성스럽게 그렸어요. 감우성 배우를 그릴 때와 다르게 이번에는 물을 많이 섞어서 색을 올리고 또 올렸어요. 동양화 물감은, 처음 색을 종이에 얹을 때는 색이 잘 보이지 않아요. 하지만 그 위에 또 얹고 또 얹고 얹다 보면 "아!" 하고 감탄이 나올 만큼 멋진 색이 나와요. 아크릴 물감으로는 절대 그 색감이 나오지 않아요. 그게 동양화의 매력이에요!

인물화

인물화 그리는 저만의 방법을 알려드려볼게요.

1. 이목구비 위치를 아주 대강, 먼저 잡습니다.

2. 1번보다 눈, 코 입, 머리카락 등을 조금 더 자세히 그리세요.

3. 이 정도 그리고 난 후, 그린 위치들이 맞는지 확인하세요. 이보다 더 진도가 나간 후에 이목구비 등의 위치가 마음에 들지 않게 되면 수정이 어려워질 수 있으니 이 정도쯤에서 수정하는 것이 좋아요.

4. 확신이 들면, 그림 그리는 대상을 자세히 관찰하고 **보이는 대로** 더욱 구체적으로 그립니다.

5. 다 그렸다 싶으면 그림을 멀리 두고 한참 바라보세요. 여기서 '한참'이라 함은, 스스로 보았을 때 고치고 싶은 부분이 보일 때까지에요. 고치고 싶은 부분이 분명히 생기거든요. 마음에 드는 결과가 나올 때까지 이 과정을 반복하시면 돼요. 더욱 객관적으로 보고 싶을 때는 **사진을 찍어서 보는 것**도 좋은 방법입니다.

6. 완성!

명암(빛과 그림자)을 넣는 것도 보이는 대로 하시면 됩니다. 하기 싫으면 하지 않아도 돼요. SNS를 보다 보면 굳이 명암을 넣지 않아도 멋진 그림들 많잖아요.

이러한 과정으로 계속 그리세요. 재미있게 그리는 것이 중요합니다. 연습하는 사람을 이길 수 없고, 즐기는 사람은 더더욱 이길 수 없잖아요.

무엇보다 가장 중요한 것은, 그림의 결과물에 부담 갖지 않는 것이 필요해요. 부담을 갖는 순간부터 그림이 이상해지거든요.

'누가 내 그림 보고 못 그렸다고 하면 어떡하지?', '닮지 않게 그려지면 어떡하지?' 이런 생각을 갖게 되는 순간 그림은 산으로 간답니다.

만약 꽃을 좋아하시면 꽃 그림을 계속 그리세요. 보이는 대로, 느낌대로 그리면 됩니다. 똑같이 그릴 필요 없어요. 똑같이 잘 그리는 사람은 세상에 너무 많잖아요.

자신의 느낌대로 그리는 것이 잘 그리는 그림입니다! 자신감을 가지세요!

일러스트

아이가 셋인데다가 태어난 지 얼마 되지 않은 막내가 있다 보니 그 많은 그림 재료들을 바닥에 펼쳐둘 수가 없었어요. 그래서 그림을 한 번 그리려면 한숨 크게 몰아쉬고 '오늘 그림 그려? 말아?'이 고민을 몇 번을 해야 해요. 특히나 제가 좋아하는 동양화는 더 그랬어요. 제 작업실도 없고 아이가 셋이니 제 방도 없어요. 거실 한가운데는 아이들 공부하기 위해 놓은 큰 상 하나가 떡 하니 있다 보니 집 안에 제 공간이라고는 한 평도 없는 거예요. 그래서 20평대 내 작업실 갖는 게 소원이 되었네요.

상황이 이렇다 보니, 어떻게 하면 내가 좋아하는 그림을 계속 그릴 수 있을까 고민하던 중, 제가 또 해보지 않았고 요즘 유행하는 분야가 있다는 것을 알게 되었습니다. 바로 디지털 그림이지요.

대형마트에 장을 보러 갔다가 패드가 세일하길래 패드와 전용 펜슬을 덜컥 구매해버렸습니다. 싸지 않은 장비라 내심 남편에게 미안했지만, 이깟 장비들은 아무것도 아니니 포기하지만 말라는 응원을 해주는 남편이 참 고마웠습니다.

패드에 전용 펜슬로 그리는 것은, 종이에 그릴 때와는 완전하게 다른 느낌이었어요. 펜슬 움직이는 속도보다 그려지는 선이 늦게 따라오더라고요. 종이에 그리는 것 같은 속도로 그릴 수가 없었어요. 종이 위에서 연필이 움직이는 서걱거리는 느낌이나 소리도 없이, 펜슬이 패드 화면 위에서 미끌미끌거리는 것이 영 불편한 게 아니었습니다. 색을 칠해도 디지털 전용의 일차원적인 느낌만 나서, 도대체 다른 일러스트 작가들은 어떻게 그리는 건지 대단하다는 생각밖에 안들더라고요. 다른 작가님들께 제 고민을 이야기했어요.

"패드로 그림을 그려보았는데, 색이 유치하고 선도 종류가 별로 없어서 그림이 예쁘게 그려지지 않아요. 작가님은 어떤 앱을 사용하세요?"

무료앱보다는 유료앱이 이런 일차원적인 느낌도 덜하고 저장된 펜(도구)의 종류가 많다고 추천해주셨습니다. 그래서 프로크리에이트라는 어플리케이션을 샀습니다. 그리는 과정이 동영상으로 자동 저장이 되어서 그 점이 참 좋았어요. 왜냐면 내가 그리는 과정을 증명해낼 수 있었으니까요.

디지털 그림이라고 해서 무조건 일러스트 그림만 그려야 한다는 법은 없습니다. 이 장비로도 얼마든지 여러 그림들을 그릴 수 있지만, 각 그림 재료들만의 특유의 느낌은 낼 수 없기 때문에 한계는 분명히 있습니다. 요즘 e-book을 많이 읽지만, 종이책이 주는 감성이나 느낌, 냄새를 느끼고 싶은 분들은 서점에서 직접 만져보고 책을 사듯, 그림 역시 마찬가지입니다. 종이와 연필 등 재료가 주는 느낌이 좋은 분들은 직접 그리지만 디지털이 편한 분들은 그것으로 그리는 것이지요.

패드를 구입하면서 일러스트라는 분야에 대해 고민해보게 되었습니다. 전혀 생각해보지 않았던 분야라 내가 할 수 있을까, 사실 저 스스로를 많이 의심했어요. 유연한 사고와 창의적인 생각을 가진 사람들이 잘할 수 있다고 생각했으니까요. 지금도 그렇게 생각해요. 일러스트는 그림 자체는 매우 단순해 보이지만 그 그림을 그리기 위해서는 보이는 것을 그대로 그리는 것 외에 피사체에 대한 많은 고민이 있어야 하거든요. 곧이 곧대로인 저는 일러스트가 저랑 정말 맞지 않다고 생각했어요. 하지만 그림은 계속 이어가야 하기에 패드에 익숙해져야 했고, 나와 어울리지 않는다고 해서 피하고 싶지 않았기 때문에 일러스트에도 도전을 해보기로 했어요.

무수한 고민 끝에 저의 캐릭터가 두 명 생겼어요. 대머리 꼰대 아저씨와 노랑머리 아가씨예요. 다른 일러스트 작가들을 보면 귀여운 그림을 잘 그리던데, 저는 귀여운 그림이 그렇게 안 그려지더라고요. 사람 얼굴 그리는 것을 좋아하기에, 사람 얼굴을 이것저것 그려보다가 그 두 사람을 그릴 때가 가장 재미있고 잘 그려지는 것을 알게 되었어요.

후에, 제주에서 만난 동양화 화가님께 제 그림들을 여러 점 보여드렸었는데 그분은 저의 소묘화, 아크릴화, 동양화, 일러스트들을 모두 보시고 그중 제 일러스트들이 가장 마음에 든다 하셨어요. 오히려 다른 그림들보다 일러스트에 재능이 있어 보인다고까지 말씀하셨어요. 말씀은 너무나 감사했지만, 아직 자신이 없어요.

일러스트는 정말 어려워요.

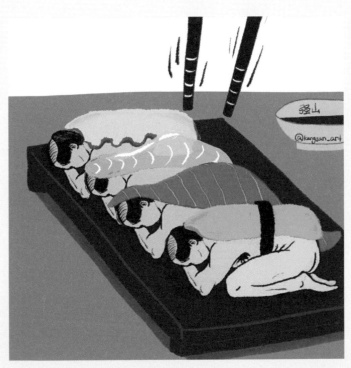

〈나 뚀밥 멍는 꽁꼬또〉

〈코끼리 아저씨는 코가 손이래〉

"나 좀 꺼내주게."
"거긴 어찌 들어갔는가."
"정신 차려보니 이 안이지 뭔가."
"나올 의지만 있다면 나올 수 있을 걸세."
"그럼 남은 것마저 마시고 의지라는 것을 생각해봐야겠네."
"자네 못 나올 것 같군."
"나를 꺼내주지도 않으면서 알 수 없는 소리만 하는 자네는 누군가?"
"나는 자네라네."

보통의 소재들을 거의 다 사용해보았어요. 완전한 연습을 할 시간이 충분하지는 않았지만, 어느 정도 그 소재들의 느낌은 알게 된 것 같아요.

　그림을 그리는 데는 다양한 재료들이 있고, 그 다양한 재료들의 속성을 잘 알아야 내가 표현하고 싶은 그림을 그릴 수 있으며, 그 재료들은 화가인 내가 임의로 섞어도 된다는 것, 엄청난 연습을 하면 언젠가는 멋진 작품이 탄생한다는 것을 저도 여러분도 알게 되었습니다!

　이제는 어떤 재료를 사용해서 자신만의 그림을 그릴지, 내게 맞는 재료를 선택해서 계속해서 연습하면 우리도 화가가 될 수 있습니다!

유명 화가의 작품을
따라 그리세요!

　좋아하는 유명한 화가가 있다면 그 화가의 그림을 모작해보는 것이 그림 독학에 많은 도움이 됩니다. 모작을 하다 보면 그 화가의 기법을 붓터치로 느껴볼 수 있고, 그 화가가 해당 그림을 그릴 때 어떤 심정으로 어떤 것을 표현하고자 했는지 간접적으로 느낄 수 있거든요. 동시에 모작하고 있는 본인은 이 그림을 그릴 때 어떻게 표현하려고 고민하고 있는 것인지 의식할 수 있다면 더할 나위 없이 좋답니다.

　저는, 〈아를의 카페〉 작가님과의 많은 대화와 멋진 그림들 덕분에 고흐에 관심이 생기기 시작했어요.

　반 고흐는 그림에 관심이 없는 사람들도 잘 아는 너무나 유명한 화가지요.

"자기 귀를 잘랐다며?"
"정신이 이상해서 정신병원에 입원했다며?"
"총으로 자살했다며?"

그림이 유명한 만큼 그의 인생사 역시 자극적인 내용으로 유명해요. 저는 고흐의 그림을 모작하기에 앞서 관련 책들도 읽어보고 관련 영화도 보았어요. 이런 것들을 통해 제가 느낀 고흐는 고집이 세고, 그림에 집착하며, 화를 주체하지 못하는 경향은 있긴 했지만, 보수적인 집안과 사회적인 분위기 때문에 고흐의 그런 성격이 미친 사람처럼 보여졌을 수도 있겠다는 생각이 들었어요. 귀를 자른 것에 대해서도 여러 가지 설이 있다고 해요. 저는 그중 귓불만 조금 잘랐다는 설을 믿고 싶네요.

고흐에 대해 더더욱 알고 싶어졌고, 고흐의 작품을 직접 보고 싶었어요. 그래서 2016년 1월 결국 뉴욕으로 떠났어요. 빈센트 반 고흐의 자화상을 볼 수 있다니! 엄청난 기대

에 부풀어 뉴욕의 MMA 미술관에 드디어 도착! 아뿔사, 자화상을 치운 지 얼마 안 되었다고 하더라고요. 그의 작품은 〈라 무스메〉라는 작품 딱 하나 있었어요. 자화상이 없어 너무나 아쉬웠지만, 아쉬운 대로 이 그림을 한참을 뜯어보았습니다.

유화를 어찌나 두껍게 발랐던지! 물감이 항상 부족하다고 했던 빈센트 반 고흐의 말이 이해가 갈 정도였어요. 울퉁불퉁 두껍게 바른 유화 덕분에 생긴 울퉁불퉁한 물감의 그

꿈꾸는 화가 엄마의 새벽 2시

림자조차도 이 그림을 더 아름답게 하기 위해 추가한 효과 같았어요. 실제로 본 고흐의 그림은 감동적이고 아름다웠고 감탄이 절로 나왔습니다.

그림밖에 모르던 고흐, 자신의 그림이 미국 대도시의 큰 박물관에 전시되고, 엄청나게 비싼 값에 팔리게 될 줄은 상상도 못했겠지요? 고흐 살아생전 이런 관심을 받았더라면 하는 서운함이 드네요.

뉴욕에 다녀온 후 빈센트 반 고흐의 그림들을 모작하기 시작했습니다. 고흐의 작품을 똑같이 그리기도 하고 패러디해서 그리기도 했어요. 막상 따라 그리려고 하니 붓터치 방법이 정말 특이하고 따라하기 어렵더라고요. 고흐는 전문적인 미술 교육을 받지 않았고, 나이가 좀 든 후에 그림을 시작했다고 해요. (마치 독학으로 그림을 시작하는 우리와 상황이 비슷한 것 같네요!) 그림에 대한 정규교육을 받지 않은 고흐는 표현하고 싶은 대로 그리고, 자신의 뜻대로 칠했기 때문에 지금 이렇게 유명해지지 않았나 싶어요.

위_ 원작, 아래_ 모작

위_ 원작, 아래_ 모작(〈스타벅스〉 패러디)

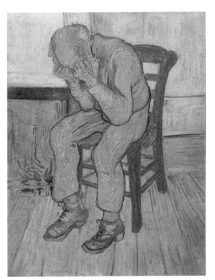

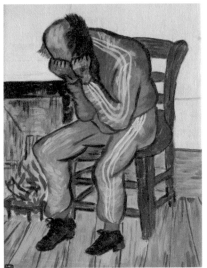

위_ 원작, 아래_ 모작(운동복 패러디)

위_ 원작, 아래_ 모작

이모티콘

카카오톡이나 네이버 블로그 등에서 자신의 감정이나 상황 등을 표현할 때 이모티콘이 널리 쓰여요. 때마침 티비에서는, 이모티콘이 유명해져 돈을 버는 사람들의 이야기가 나오고 있었어요. 그림을 잘 그리지 못해도 된다는 내레이션에 저는 자신감을 얻어 '나도 이모티콘으로 성공해보자!' 하는 생각이 들었어요. 또 도전병이 도진 거지요. 패드도 있겠다 움직이는 이모티콘을 만들어보기로 했어요.

화면 가득 채운 커다란 입술을 이모티콘으로 만들었어요. '사랑해', '미안해', '배고파' 등등……

해당 스튜디오에 이모티콘 파일을 올리려는데, 파일이

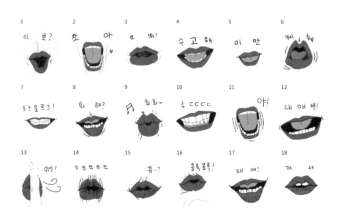

올라가지 않더라고요. 왜 그런가 봤더니 성격이 급한 저는, 아주 중대한 실수를 했더라고요. 사이트마다 원하는 파일 형식이 모두 달라요. **파일 크기, 해상도, 컬러모드, 배경 등을 미리 체크하고 만들어야 해요.** 파일 크기가 다르면 아예 파일 업로드 자체가 안 돼요. 그 중요한 것을 체크하지 않았던 저는 또 다시 며칠밤을 세워 조건에 맞는 파일로 만들었어요. 파일형식이 조금만 이상해도 업로드가 안 돼요.

어렵사리 이모티콘 업로드를 성공하고 결과를 기다리는데, 읽지 않은 이메일이 와 있을 때마다 심장이 쿵쾅쿵쾅. 이모티콘을 제안하는 사람들이 많아서 시간이 좀 오래 걸린다고 하더라고요. 2주간의 시간이 어찌나 안 가던지요.

결과는, 미승인이었어요. 두 번 제안했는데 두 번 모두 미승인되었어요.

다른 작가님들의 이야기를 들어보니, 한 장면마다 하나의 미술작품처럼 공들인 그림들도 미승인이 많이 된다고 하더라고요. 그런데 또 어떤 때는 미술작품같이 공들인 그림들이 승인이 나기도 한 대요.

아무래도 그림의 퀄리티가 중요한 것이 아닌, 대중성이나 개성이 중요한 듯해요.

언젠가 다시 도전할 거예요!

아버지 꿈을 꾸고 난 후 그린 그림

6.

오늘도 그림 한 점에
행복을 싣습니다

숨이 쉬어지지
않아요

2019년 말, 코로나 대유행이 시작되었지요. 셋째 육아휴직 후 복직을 준비하고 있었는데 코로나 때문에 걱정이 이만저만이 아니었어요. 학교에서는 정상적인 수업이 이루어지지 않고 있었고, 어린이집에 갈 예정인 막내는 너무 어려 마스크 쓴 생활이 쉽지 않을 테니까요.

– 어린이집 선생님이 사는 아파트 단지에 코로나 확진
　자가 발생했다고 해서 해당 선생님이 조기 퇴근하셨
　습니다. 위험한 상황이니 아이들을 모두 데리고 가시
　기 바랍니다.

– 학부모가 일하는 회사에서 확진자가 발생하여 해당 유
   아를 하원시켰습니다. 위험한 상황이니 아이들을 모두
   데려가시기 바랍니다.
– 아이가 미열이 나니 데리고 가시기 바랍니다.

복직하자마자 이와 같은 어린이집의 연락으로 계속해서
조퇴를 해야 했어요. 아이를 데리러 가자니 회사에서 눈치가
보이고, 아이를 안 데리고 가자니 어린이집에서 계속 전화가
오니까, 아이에게 불이익이 갈까 걱정이 되었어요.

이러니 사무실에서는 미운털이 박힐 수밖에 없었어요.

"이래서 애 엄마들이 싫다니까. 기분 나쁘겠지만 그게 사
실이야."라고 말하는 사람도 있고요.

계속 출근을 하려면 아이를 계속해서 어린이집에 보내
야 했기 때문에, 저는 코로나에 걸리지 않게 회사에서 최대
한 조심해야 했어요. 밥 먹을 때에도 조심했고 사무실에서
도 마스크를 절대 벗지 않았는데, 그조차도 꼬투리의 하나
가 되었어요.

퇴근 후 아이들 저녁을 다 먹이고 치우려는데, 갑자기 숨

이 쉬어지지 않았어요. 마치 100미터를 전력 질주하고 난 것처럼 숨쉬기 힘든 증상이 계속되었어요. 창문을 활짝 열고, 얼굴을 내밀고 최대한 심호흡을 하려 노력했어요. 이러다 죽을 것 같은 생각에 119를 불러야 하나, 그 생각만 들더라고요. 그런 증상은 약 40분간 계속되다가 없어졌어요. 놀란 아이들이 아직 퇴근하지 않은 아빠에게 전화했어요. 남편이 부리나케 집에 왔어요. 남편을 보자 눈물이 왈칵 쏟아졌어요. 저 왜 이러지요? 무엇보다 놀랐을 아이들이 걱정이 되었어요.

폐검사를 했는데 폐는 운동선수만큼 건강하다고 하더군요. 그래서 심리상담센터에 전화해서 물어보니 공황장애 증상인 것 같다고 검사를 받아보라고 하더라고요. 심하면 약도 먹어야 한대요. 주말에 시간을 잡아 검사를 받아보았는데, 우울증도 심하고 공황장애도 있으니 병원에 가서 약을 처방받고 복용하는 것이 좋을 것 같다고 해요.

남동생의 백혈병, 친정 아버지의 악화되어가는 병, 회사 텃세 등 악재가 겹쳐 힘들어 도망가려고 했던 그때, 셋째를 낳고 쉬면서 괜찮아졌다고 생각했는데 아니었나 봐요.

내 아이들을 위해 용기를 내야 했어요. 엄마가 건강하고 강해져야지요. 밝은 엄마라야 아이들도 잘 키울 수 있잖아요. 다른 사람의 이목이 뭐가 중요하겠어요. 결국 병원에 다니기로 했어요.

　사람이 북적거리는 이 아파트가 너무 갑갑했어요. 뛰지 마라, 악기 연주하지 마라, 코로나로 집에만 있는 아이들도, 저도 견디기 힘든 시기였지요.

　아이 셋을 데리고 당장 제주로 떠나기로 했어요.

내 마음의
해골물

공황장애, 우울증이 왔어요. 결국 바다가 보이는 사람이 적은 시골로 도망치듯 이사 왔어요.

마당이 있고 아주 예쁜 2층 주택이었지요. 힐링이 되려면 그 정도는 돼야 한다는 보상심리 같은 것이 있었어요. 집주인은 몇 년 전 육지에서 제주로 내려와 펜션 사업을 한다며 사람 좋은 웃음을 짓더군요.

'아, 집주인도 잘 만났고, 집도 마음에 들고 잘 쉴 수 있을 것 같다. 내려오길 잘했다.'

얼마 지나지 않아 이 모든 것을 섣부르게 판단했다는 것을 알게 되었어요. 그는 계약기간이 되지 않았음에도 집을

팔아야 한다며 짐을 빼달라고 하루에도 수십 통의 전화를 했고, 온갖 거짓말을 하며 그 집에서 살지 못하는 상황을 만들었어요.

적들을 피해 도망 온 제주에서 새로운 또 다른 적을 만났다는 사실에 화도 나고 허탈한 웃음도 나오더라고요. 결국 무엇으로부터 도망치려 나는 이 먼 제주까지 온 것인가!

주변의 모든 것을 원망하며 나 빼고는 모든 것이 비정상이라 생각하고 그들이 바뀌기를 기다리다가 지쳐 제주에 온 것이 아닌가. 그런데 제주에 오니 여전히 다른 종류의 비정상 상황은 존재하고 있었어요.

그런데 곧 공기도 좋고 온갖 새소리가 들리고, 파도 소리가 들려오는 이 좋은 곳에서 나만 괴로워하고 있다는 것을 깨달았어요. 집주인이 비정상이고, 저런 집주인은 혼이 나봐야 한다고 생각하며 모든 것이 나의 상식에 맞지 않는다는 생각만이 내 머릿속에 가득했거든요.

원효대사의 해골물 이야기가 생각이 났어요. 해골물임에도 모르고 마시면 달고 시원한 물이 될 수 있다는, 초등학생도 익히 아는 식상한 이야기지요. 하지만 초등학생 때는 '으악! 해골물이라니!'라며 놀랐지만 어른이 된 우리는 그 의미를 알아요. 그럼에도 우리는 이 식상한 이야기를 잊고 살게 되지요.

내 마음속 생각으로부터 모든 것들이 비롯된다는 '제주도 집주인으로부터 얻은 깨달음'을 갖고, 현재는 회사에 다시 복직했어요. 선배라고 꼰대 부리던 직원, 타 지역에서 왔다고 텃세를 부리던 직원은 여전히 존재하고 있어요. 내가 퇴사하지 않는 한 그들을 절대 피할 수 없어요.

하지만 집주인으로부터 얻은 '그 깨달음' 덕분에 나는 또다시 수렁에 빠지지 않을 수 있어요. 물론, 가끔 다시금 부정적인 생각이 뇌 속으로 들어오려 할 때가 있지요. 그때마다 나는 다시금 나를 부단히 깨워요. 제주에서의 그 상황들을 떠올리며, 내 마음속에 들어오려는 부정적인 생각을 의식적으로 긍정적으로 돌리려 애써요. 그렇게 애를 쓰면 늘 보람은 있더라고요.

지금에 와서는 외려, 그때 그 집주인이 고맙기까지 합니다. 그런 깨달음을 얻지 못하였다면 여전히 나는 평생 힘들어 했을 테니 말이지요.

많은 사람들이 가정에서 회사에서 제가 그랬던 것처럼, 도망치려 발버둥 치곤 합니다. 그런데요. 현실에서 막상 도망친 곳에서도 완벽한 천국은 없기에 도망치기 전과 같은 마음으로 있다면 그곳이 서울이든, 제주든, 하와이든, 아니면 저 머리 달나라든 현실은 여전히 똑같을 수밖에 없더라고요.

우리는 주변의 모든 상황을 바꿀 수는 없어요. 내 옆사람의 성격도 바꿀 수 없어요. 그런데 정말 다행인 것은 이 모든 상황에 대해 판단하고 생각할 수 있는 내 마음은 통제할 수 있어요. 결국 그렇기 때문에 비가 새는 곳에서 살든, 인프라가 잘 갖춰진 역세권에서 살든 지옥과 천국은 '분명히' 마음먹기에 달려 있답니다.

이제부터 한번 연습해보세요. 부정적인 판단, 부정적인 생각이 들 때마다 의식적으로 긍정적으로 전환해보려고 노력해보세요. 확실히 효과가 있어요!!!

우연히 얻게 된
전시 기회

    2021년 2월, 남편 없이 아이 셋을 데리고 제주에 왔어요. 살면서 아무것도 하지 않고 지내는 시간도 필요하다는 믿음 아래, 아무런 계획 없이 무작정 왔어요. 조용히 지내고 싶어 일부러 사람이 별로 없는 아주 작은 시골로 왔어요. 제주에서 정신건강의학과도 다니기 시작했어요. 병원에서 검사해 보니 6개월 이상 치료가 필요하다고 했어요.

    제주에서 처음 몇 개월은 병원 다니는 것 외에는 아무것도 하지 않았어요. 아무도 만나지 않았어요. 통화도 하지 않았어요. 아이들을 학교와 어린이집에 보내놓은 오전 자유시간 동안, 마당에 캠핑 의자를 놓고 앉아서는 몇 시간씩 눈 부신 햇살을 쐬었지요. 그동안만은 쌓여 있는 집안일 따위는 생각하지 않았어요. 바람에 흩날리는 잎사귀 소리, 파도 소리, 지저귀는 새 소리에 귀 기울였어요. 이 시간이 정말 좋았어요. 머릿속을 가득 채웠던 생각들은 점차 사라졌고, 숨 쉬기 힘든 증상도 점차 없어졌어요. 조금씩 건강이 회복되면서 다시 그림을 그리기 시작했어요.

참 신기하게도 제주에서 기분 좋은 꿈을 많이 꿨어요. 크고 예쁜 동물들이 주로 나왔는데 제게 함께 놀자고 조르더라고요. 그런 꿈을 꾸고 나면 그 따뜻한 감정을 잊기 전에 느껴진 대로 캔버스에 그림을 그렸어요. 마당에 테이블을 놓고 얼굴이 시꺼멓게 타도록 햇볕을 그대로 다 받으면서 그림을 그렸어요. 이런 시간이 내게 있다니 실감이 나지 않았지요. 참으로 감사했어요.

담배 피우는 사람 그림을 그리고 싶은 마음은 없어졌어요. 전에는 그린 적도 없었고 그리고 싶은 마음도 없었던 예쁜 동물 그림들을 그렸어요.

사람도 그렸지만 예전과는 사뭇 다른 느낌의 인물화였어요.

〈吉夢〉 2021. 7. acrylic on canvas

추상화도 그랬어요. 제게는 추상화는 이해할 수 없는 세계였거든요. 그런데 제주에 와서 비로소 화가들이 추상화를 왜 그리는지 알겠더라고요. 화가는 표현하기 어려운 자신의 여러 가지 복잡한 감정을 추상화에 담아낼 수 있어요.

날씨 좋은 날, 아이들과 산책하는데 동네에 제주 구옥을 개조해 만든 예쁜 책방이 있더라고요. 작은 건물 세 채가 'ㄷ' 자로 있었어요. 이끌리듯 들어가 구경했는데, 세 채가 모두 책으로 가득 차 있었고 그중 한 건물의 벽은 그림들이 걸려 있었어요. 책을 읽고 계시던 남자 사장님이 계셨는데, 제가 책방의 세 건물을 휘젓고 다니는 동안 단 한 번도 고개를 들어 쳐다보지 않으시더라고요.

무슨 용기였는지 저도 모르게 말을 건넸어요.

"사장님, 여기 제 그림 걸어도 될까요?"

그제야 비로소 고개를 들어 저를 힐끗 한번 보시고는 무심한 표정으로, "그러세요."라고 말씀하셨어요.

저는 잘못 들었나 싶어서 재차 다시 여쭤보았어요. 너무나 쿨하신 사장님의 대답에 오히려 제가 당황했어요. 그래서 사진으로 그림들을 보여드리니 그림 두어 점 갖고 와보

〈吉夢〉 53x45.5 acrylic on canvas

라 하셨고, 저는 너무나 신이 나 집으로 바로 달려갔어요. 바리바리 그림을 가지고 온 저를 보시고는 잠시 당황하신 사장님은 그림을 모두 마음에 들어하셨고 바로 승낙하셨어요. 왜인지 대관료도 받지 않으시겠다 했어요.

예전 〈아를의 카페〉 사장님처럼 이분도 신이 제게 보내주신 것일까요? 아니면 몰래 카메라인 걸까요? 대관절 이게 무슨 일인가요? 그렇게 저는 전시를 하게 되었어요. 간절히 원하면 이루어진다는 말은 이번에도 맞았어요!

서귀포시 북타임 임기수 사장님, 고맙습니다!

그림에 영혼을 담다

인물화를 위주로 그리다 보니, 사람의 인상을 보게 되더라고요. 관상을 볼 줄 아는 것은 아니예요. 하지만 얼굴을 그리다 보면 오로지 이 사람에게만 온통 집중이 되고 다른 것은 생각이 들지 않아요.

이 사람은 어떤 인생을 살아왔을까

평소 어떤 생각을 할까

무엇에 웃음짓고 무엇에 화를 낼까

그림에 이 사람의 영혼까지 담아내고 싶다.

그 사람의 사진 찍을 당시 기분이나 평소 성격, 살아온 인생에 대해 상상을 하며 그리게 되더라고요. 그러다 보니 내가 아는 사람은 그리기가 상대적으로 그리기 쉬웠고 아예 알지 못하는 사람은 상대적으로 그리기가 쉽지 않았어요.

영화의 한 장면을 그릴 때는, 배우가 이 장면을 찍기 위해 얼마나 고심했을지, 얼굴의 잔주름과 근육의 작은 움직임까지 얼마나 의식을 하고 연습했을까라는 생각을 하기도 해요. 그런 고심까지도 그림에 담아내고 싶어요.

이것만은 확실해요! 인물화는 그 사람의 얼굴 모습만 그리는 것이 아닌, 그 사람의 인생을 그려내는 것. 그 사람의 내면을 담아내고 그 사람의 영혼을 담아내는 것이 성공적인 인물화라는 것을 말이에요.

동화책을
투고합니다

웬일로 아이들이 싸우지도 않고 비명도 지르지 않고 뛰어다니지도 않는 날이었어요. 아이들은 거실에 엎드려 있거나 작은 책상에 앉아 스케치북에 그림을 그리거나 동화책을 읽고 있었어요. 오랜만의 제주의 바람이 살랑살랑하니 거실 통창으로 보이는 앞집의 동백나무가 춤을 추지 않는 날이었지요. 소파에 앉아 커피 한잔을 하다가 제주에 오기 전부터 생각해두었던 천방지축 둘째를 주인공으로 하는 이야기를 동화책으로 써야겠다는 생각이 들더라고요.

해맑고 발랄 쾌활한 우리의 아이들을 위한 글을 써보자!

'에이, 책을 한번도 써보지 않았는데 내 이야기가 과연 출

판사의 눈길이나 끌 수 있을까?'

'아니야, 글도 쓰고 내가 그림도 그리겠다고 하면 될지도 몰라.'

간절하면 우주의 모든 기운이 내 바람을 위해 움직인다고 했던 파울로 코엘료의 말! 또다시 저를 움직이게 했어요. 이번에도 할 수 있다는 믿음 아래, 각 장면들을 상상하며 우리의 사랑스러운 아이들을 위한 이야기를 써내려갔습니다. 다 쓰고는 신이 난 상태로 동화책 출판사들에 투고를 했지요.

'안녕하세요. 동화책을 투고합니다.'

그다음 날 저녁 모르는 전화번호로부터 전화가 왔어요. 혹시나 하는 기대를 가지고 전화를 받았어요.

"안녕하세요. 강산 작가님, ○○출판사입니다."

드라마에서 보면, 수화기를 손으로 막고 무음으로 기쁨의 환호를 지르며 거실을 여기저기 뛰어다니는 여주인공처럼, 제가 그때 그랬어요. 첫 투고 하루 만에 출판사라니!!! 목소리를 가다듬고 대답했어요.

"네, 안녕하십니까?"

"보내주신 내용이 동화책인가요? 그림책인가요?"

"아…… 네?"

그랬어요. 저는 그림책이 동화책이고, 동화책이 그림책이라고 생각했던 것이었어요.

"아…… 네…… 동화책인데."

"동화책이 아닌 것 같은데 이메일 제목을 동화책이라고 하셔서 전화드렸습니다."

"그럼…… 그림책인가 봐요. 아하하."

"그렇다면 그림책 출판사로 투고하셔야 할 것 같습니다."

결국 예전 그 자신 없던 시절의 내가 슬며시 고개를 들었고, 그렇게 여름과 가을 동안 그 글은 내 낡은 노트북 안에서 잠을 잤습니다. 크리스마스가 지나고 나서야, 자고 있던 나의 글을 깨워 기지개를 시켰습니다.

"안녕하세요. ㅁㅁ출판사입니다. 이번 달은 제가 시간이 좀 안 되서 그런데, 다음 달은 어떠신가요?"

출판사와 대화를 해본 적이 없던 나는 무슨 뜻인지 바로 이해하지 못했어요.

긍정인가, 부정인가. 아니면 그 중간의 어디쯤인가. 결국 그렇게 통화한 다음 달 그림책 출간계약을 하게 되었습니다.

고등학생 시절 가정 선생님이 하신 말씀이 떠오르더라고요.

"좋으면 좋다고, 싫으면 싫다고 티를 내지 않는 것이 어른이야."

그런데 어른이 되어보니 아니더라고요. 좋은 티를 못 내고 싫은 티를 못 내는 것은 그런 표현으로 인하여 나타날 예상치 못한 결과들이 막연히 두렵기 때문이지, 단순이 감정을 숨기는 것이 목적이 아닌 것이었지요. 출간계약서를 쓴 날 나는 마음껏 기분 좋은 티를 냈어요. 좋을 때 좋은 티를 내지 않으면 도대체 언제 티를 낸단 말인가요!

나의 진짜 꿈,
그리고 도전

〈내 사랑〉이라는 영화는, 심장에 찌르르 전율이 오는 장면이 많아요. 실화라는 점 때문에 더욱 그런 것 같아요. 모드가 에버렛의 집에 가정부로 가게 되었을 때, 아무렇게나 있던 에메랄드 녹색 물감을 검지 손가락에 묻혀 선반에 그어보고는 무언가 생각난 듯이 정성스레 선반을 칠하던 장면은 잊을 수 없어요. 그 에메랄드 녹색은 또 어찌나 예쁘던지요!

모드가 남편과 싸우고 이웃 산드라의 집에 머무르던 장면에서, 산드라가 모드에게 그림을 가르쳐달라고 해요. 그러자 모드는 씨익 웃으며 대답하지요.

"아무도 그림 그리는 법을 가르칠 수 없어요. 그리고 싶으면 그리는 거죠."

"모드. 그 창작열의 원천이 뭔지 모르겠어요."

"모르겠어요. 저는 바라는 게 별로 없어요. 붓 한 자루만 있으면 아무래도 좋아요."

"붓 한 자루만 있으면 아무래도 좋아요."라는 말에 눈물이 쏟아졌어요.

자신이 원하는 것을 하는 삶은, 사람을 행복하게 만드는구나 하는 생각이 들었거든요. 처음 이 영화를 봤을 때도, 지금도 이 대사는 저를 울려요.

어쩌다 그런지 모르겠어요. 어릴 때부터 저는 그저 그림이 좋았고, 그림을 그릴 수 있을 시기를 기다렸고, 평생 그림만 생각하며 살다 보니 어느 시점이 되자 그림을 그리고 있더라고요. 회사를 퇴직하고도 그림은 항상 저와 함께 있지 않을까 싶어요.

"와. 그림에 대해서는 굉장히 적극적이고 용감하구나!"

저를 오래 지켜본 사람들은 이런 말을 많이 하더라고요.

저도 모르게 내 세포들 속에 그림이 스며들었나봐요.

약 8년쯤 전, 회사에서 일을 정말 열심히 한 적이 있었는데, 애 엄마가 나댄다고 혼난 적이 있어요. 어쨌든 그 이후 위축이 되었던 것인지, 열심히 하지 않는 것이 차라리 속 편하다는 생각이 자리잡았고 그 이후로 나는 일을 적.당.히. 했어요.

하지만 그림은 그렇지 않아요. 더 나대야 해요. 그림은 나고, 나는 그림이에요.

사춘기가 없었어요. 그저 그렇게 평범한 학창시절을 보냈고, 대학을 진학했으며, 비교적 쉽게 취업했어요. 사춘기를 겪지 않으면 더 크게 앓는다는 말을 들었던 것 같아요. 그래서 그런가, 굴곡은 뒤늦게 찾아왔고, 그 시간은 영겁과 같이 끝이 없는 것 같았어요. 회사생활은 힘들었고 워킹맘 생활은 죽을 것 같았고, 삶에 대한 고민은커녕 내가 누구인지도 모른 채 정신없이 지냈어요. 나이 40이 되어서 이제야 비로소 '나'에 대해 깊이 고민해봐요. 무엇을 좋아하고, 무엇을 싫어하며 어떤 삶을 살고 싶은지, 그 삶을 위해 어떻게 노력할 것인지.

노트를 펴고 가만히 생각에 잠겼어요. 그런데…… 잘 모르겠어요. 나를 표현한답시고 단어 하나를 적어놓고는 이게 내 단어인지 또 고민을 하게 되더군요.

그 무렵 잘 나가는 여가수의 노래를 들었어요. 영어랩과 욕으로 가득 찬 노래인데 뜬금없게도 그 노래를 들으며 눈물이 나더군요.

내가 어떤 X인 것 같아?
나는 타고난 계집애.
만족하지 않아, 욕심쟁이
제시 〈어떤 X〉

여가수의 자신감이 부러웠고, 그렇지 못한 나 자신이 꼴보기 싫었으며 지나간 시간들에 대한 후회 그리고 앞으로 노력하면 자신감 가득한 사람이 될 수 있을까 하는 불확실.

그림 그리는 것이 그냥 좋아요. 그리는 동안은 보잘 것 없는 내 삶을 잊을 수 있고, 완성된 그림을 보노라면 결핍된 자신감이 완성되는 것 같아요.

"그래서 어쩌라고?" 하는 표정의, 담배 피우는 여자를 그리면 내가 마치 그 여자가 되어서 세상을 별 것 아닌 것처럼 볼 수 있는 자신감이 생기는 것 같았거든요.

한 때 그림체에 대해 많이 고민했어요. 화가가 되려면 다작 해야 하고, 자신만의 그림체가 있어야 한다고 하더라고요. 그림만 봤을 때 누구의 그림인지 알 수 있을 정도로 말이에요.

그 말을 듣고 나니 자유롭게 그려지지 않더라고요. 오직 그림체 생각이었어요.

그런데 아니에요. 그림은…… 그냥 그리면 돼요. 누구 보여주려고 그리는 것이 아니잖아요. 내가 좋아서 그리는 거잖아요.

"그림체가 이랬다 저랬다네."

"그림 못 그렸네."

"하나도 안 똑같네."

"담배 피우는 사람 그림 정말 별로야."

이런 말 신경 쓰다가는 절대 못 그리겠더라고요. 세상 사람 모두 그림 취향 다 다른데 그 사람들 말 다 들었다간 생각 많아지기만 하고 정작 그림 시작도 못 하게 돼요. 못 그려도 되니 일단! 그리면 돼요.

앞으로도 도전은 계속할 생각이에요. 당연히 내 꿈을 위해서요!

간절하면 언젠가는 이루어진다

행복하리로다, 홀로 있어도

오늘을 내 것이라고 노래하는 사람이여.

마음이 행복한 사람은 외치리,

내일이 최악의 것이 될지라도

그것이 무슨 상관이랴,

나는 오늘을 성실히 살았노라.

− 로마 시인 호레이스

모든 사람은 자연 앞에서는 평등해요. 그 평등함을 어떻게 받아들이느냐에 따라 불운아, 행운아가 나뉘는 것이라고 생각해요. 누구나 밑바닥을 쳤다 싶을 만큼의 괴로운 순간이 있어요. 그 기간도 사람마다 다르지요. 어떤 사람은 한 달 동안 죽고 싶을 만큼 힘들 수 있고요, 어떤 사람은 수십 년동안 죽고 싶을 만큼 되는 일이 없다고 생각할 수도 있어요. 하지만 그것은 내 마음먹기에 따라 나타나는 결과가 다르더라고요. 왜냐면, 내 마음은 온 우주이기 때문이에요. 프롤로그에서 언급한 파울로 코엘료가 말했듯, 우주는 우리의 마음을 응원해주거든요.

저는 20대와 30대를 후회와 원망만 하며 시간을 보냈어요. 40대가 된 지금 돌이켜보면 뭐가 그리 원망스럽고 후회했을까 싶어요. 그 젊고 예뻤던 시절 하루라도 더 웃으면서 지냈으면 좋았을 텐데 말이에요. 하지만 이제는 그 시간을 그렇게 보낸 것이 오히려 감사하게 생각돼요. 후회하고 원망하느라 시간을 아주 충분하게 보냈기에, 앞으로는 그런 실수는 하지 않도록 노력할 수 있으니까요.

'오늘'이 가장 중요한 것 같아요. 모든 사람에게는 공평하게도 지금 이 순간만이 존재해요. 쇼펜하우어가 말했듯, 길 위에서 지금 서 있는 곳만 있는 것과 같아요. 한 걸음만 앞으로 걸어도 아까 서 있던 자리는 이미 지나간 길이에요. 결국 과거나 미래는 우리의 관념 속에 있는 거지요.

그렇다고 오늘을 흥청망청 막 살자는 뜻은 아니에요. 오늘을 열심히 사는 것이 내일의 나를 위한 것이니까요. 오늘 행복하려 노력하고, 그 오늘이 매일이 된다면 인생은 전체적으로 행복해질 수 있어요. 나의 소중한 인생을 위해, 오늘도 꿈을 위한 내 소중한 한 걸음 도전해봐요.

당신을 진심으로 응원합니다.

이 세상의 모든 엄마들을 위해 이 책을 썼으며,
꿈을 위해 노력하는 엄마들을 위해 이 책을 바칩니다.
우리 같이 꿈을 이뤄봐요.

꿈꾸는
화가 엄마의
새벽 2시

초판 1쇄 인쇄 _ 2022년 6월 10일
초판 1쇄 발행 _ 2022년 6월 20일

지은이 _ 강산

펴낸곳 _ 바이북스
펴낸이 _ 윤옥초
책임 편집 _ 김태윤
책임 디자인 _ 이민영

ISBN _ 979-11-5877-302-1 03810

등록 _ 2005. 7. 12 | 제 313-2005-000148호

서울시 영등포구 선유로49길 23 아이에스비즈타워2차 1005호
편집 02)333-0812 | **마케팅** 02)333-9918 | **팩스** 02)333-9960
이메일 bybooks85@gmail.com
블로그 https://blog.naver.com/bybooks85

책값은 뒤표지에 있습니다.
책으로 아름다운 세상을 만듭니다. ― 바이북스

미래를 함께 꿈꿀 작가님의 참신한 아이디어나 원고를 기다립니다.
이메일로 접수한 원고는 검토 후 연락드리겠습니다.